U0092397

隱約的鳥聲

和權 著

菲律賓·華文風 叢書 19 （新詩）

楊宗翰 主編

▲ 菲華現代詩人和權。

◀ 和權已出版的詩集、
文集、論集。

▼ 和權在王城城堡。
此地為西班牙殖民
時期,關押菲國父
扶西・黎薩之地牢
入口處。(攝於
1985年)

▶ 商禽與和權於台北五
　更鼓茶樓。（攝於
　1985年）

▼ 羅門與和權於台北燈
　屋，亦即羅門家中。
　（攝於1985年）

▲ 作者與詩人瘂弦合影。（攝於1983年3月）

▲ 洛夫與和權於台北洛夫家中。（攝於1985年）

▲ 洛夫與和權於台北五更鼓茶樓。（攝於1985年）

▶ 張香華與和權於菲律
賓馬尼拉大酒店。
（攝於1985年，和權
訪問女詩人張香華）

▼ 張香華與和權於菲律
賓天主教堂外面。
（攝於1985年）

▲ 張香華與和權於千島之國翩翩起舞。
（攝於1985年）

▶柏楊與和權於台北花園新城，亦即柏楊家中。（攝於1985年）

▲ 柏楊與和權於台北花園新城，亦即柏楊家中。（攝於1985年）

▲ 右起林泉、和權、一樂與王勇。（攝於1985年）

▲ 和權與詩人洛夫合影。（攝於1985年）

錄菲華青年诗人
和權詩句

只要有
紹興酒
就可把落
寞酪酊成
眼淚

一九八五年
春
無塵居
張默

▲ 張默字畫，錄和權詩句「只要有紹興酒，就可把落寞酩酊成眼淚」。

▲ 向明與和權於台北老爺酒店法國餐廳。（攝於1985年）

獻給母親

【主編序】

在台灣閱讀菲華，讓菲華看見台灣
——出版《菲律賓・華文風》書系的歷史意義

楊宗翰

　　很難想像都到了二十一世紀，台灣還是有許多人對東南亞幾近無知，更缺乏接近與理解的能力。對台灣來說，「東南亞」三個字究竟意味著什麼？大抵不脫蕉風椰雨、廉價勞力、開朗熱情等等；但在這些刻板印象與（略帶貶意的）異國情調之外，台灣人還看得到什麼？說來慚愧，東南亞在台灣，還真的彷彿是一座座「看不見的城市」：多數台灣人都看得見遙遠的美國與歐洲；對東南亞鄰國的認識或知識卻極其貧乏。他們同樣對天母的白皮膚藍眼睛洋人充滿欽羨，卻說什麼都不願意跟星期天聖多福教堂的東南亞朋友打招呼。

　　台灣對東南亞的陌生與無視，不僅止於日常生活，連文化交流部分亦然。二○○九年臺北國際書展大張旗鼓設了「泰國館」，以泰國做為本屆書展的主體。這下總算是「看見泰國」了吧？可惜，展場的實際情況卻諷刺地凸顯出臺灣對泰國的所知有限與缺乏好奇。迄今為止，台灣完全沒有培養過專業的泰文翻譯人才。而國際書展中唯一出版的泰文小說，用的還是中國大陸的翻譯。試問：沒有本土的翻譯人才，要如何文化交流？又能夠交

流什麼？沒有真正的交流，台灣人又如何理解或親近東南亞文化？無須諱言，台灣對東南亞的認識這十幾年來都沒有太大進步。台灣對東南亞的理解，層次依然停留在外勞仲介與觀光旅遊——這就是多數台灣人所認識的「東南亞」。

　　東南亞其實就在你我身邊，但沒人願意正視其存在。台灣人到國外旅遊，遇見裝滿中文招牌的唐人街便倍感親切；但每逢假日，有誰願意去臺北市中山北路靠圓山的「小菲律賓」或同路段靠臺北車站一帶？一旦得面對身邊的東南亞，台灣人通常會選擇「拒絕看見」。拒絕看見他人的存在，也許暫時保衛了自己的純粹性，不過也同時拒絕了體驗異文化的契機。說到底，「拒絕看見」不過是過時的國族主義幽靈（就像曾經喊得震天價響，實則醜陋異常的「大福佬（沙文！）主義」），只會阻礙新世紀台灣人攬鏡面對真實的自己。過往人們常囿於身分上的本質主義，忽略了各民族文化在歷史上多所交融之事實。如果我們一味強調獨特、純粹、傳統與認同，必然會越來越種族主義化，那又如何反對別人採用種族主義的方式來對付我們？與其曚眼「拒絕看見」，不如敞開心胸思考：跟台灣同樣擁有移民和後殖民經驗的東南亞諸國，難道不能讓我們學習到什麼嗎？台灣人刻板印象中的東南亞，究竟跟真實的東南亞距離多遠？而真實的東南亞，又跟同屬南島語系的台灣距離多近？

　　台灣出版界在二〇〇八年印行顧玉玲《我們》與藍佩嘉《跨國灰姑娘》，為本地讀者重新認識東南亞，跨出了遲來卻十分重要的一步。這兩本以在台外籍勞工生命情境為主題的著作，一本是感性的報導文學，一本是理性的社會學分析，正好互相補足、對比參照。但東南亞當然不是只有輸出勞工，還有在地作家；東

南亞各國除了有泰人菲人馬來人，也包含了老僑新僑甚至早已混血數代的華人。《菲律賓‧華文風》這個書系，就是他們為自己過往的哀樂與榮辱，所留下的寶貴記錄。

　　東南亞何其之大，為何只挑菲律賓？理由很簡單，菲律賓是離台灣最近的國家，這二、三十年來台灣讀者卻對菲華文學最感陌生（諷刺的是：菲律賓華文作家在一九八〇年代以前，一度以台灣作為主要發表園地）。[1]東南亞各國中，以馬來西亞的華文文學最受矚目。光是旅居台灣的作家，就有陳鵬翔、張貴興、李永平、陳大為、鍾怡雯、黃錦樹、張錦忠、林建國等健筆；馬來西亞本地作家更是代有才人、各領風騷，隊伍整齊，好不熱鬧。

　　以今日馬華文學在台出版品的質與量，實在已不宜再說是「邊緣」（筆者便曾撰文提議，《台灣文學史》撰述者應將旅台馬華作家作品載入史冊）；但東南亞其他各國卻沒有這麼幸運，在台灣幾乎等同沒有聲音。沒有聲音，是因為找不到出版渠道，讀者自然無緣欣賞。近年來台灣的文學出版雖已見衰頹但依舊可觀，恐怕很難想像「原來出版發行這麼困難」、「原來華文書店

---

[1] 台灣跟菲律賓之間最早的文藝因緣，當屬一九六〇年代學校暑假期間舉辦的「菲華青年文藝講習班」（後改為「菲華文教研習會」）。此後菲國文聯每年從台灣聘請作家來岷講學，包括余光中、覃子豪、紀弦、蓉子等人。一九七二年九月廿一日總統馬可士（Ferdinand Marcos）宣佈全國實施軍事戒嚴法（軍統）之後，所有的華文報社被迫關閉，所有文藝團體也停止活動。後來僥倖獲准運作的媒體亦不敢設立文藝副刊，菲華作家們被迫只能投稿台港等地的文學園地。軍統時期菲華雖無出版機構，但施穎洲編的《菲華小說選》與《菲華散文選》（台北：中華文藝，一九七七）、鄭鴻善編選的《菲華詩選全集》（台北：正中，一九七八）卻順利在台印行面世。八〇年代後期，台灣女詩人張香華亦曾主編菲律賓華文詩選及作品選《玫瑰與坦克》（台北：林白，一九八六）、《茉莉花串》（台北：遠流，一九八八）。

這麼稀少」以及「原來作者真的比讀者還多」——以上所述，皆
為東南亞各國華文圈之實況。或許這群作家的創作未臻圓熟、技
藝尚待磨練，但請記得：一位用心的作家，應該能在跟讀者互動
中取得進步。有高水準的讀者，更能激勵出高水準的作家。讓我
們從《菲律賓‧華文風》這個書系開始，在台灣閱讀菲華文學的
過去與未來，也讓菲華作家看見台灣讀者的存在。

【推薦序】

聆聽《隱約的鳥聲》
——序和權詩集

向明

　　台灣在五六十年代的時候，現代詩的發展蓬勃到四鄰稱羨，鄰近國家的華文詩壇，都到台灣來取經學習，或者請去開班講習新詩的創作經驗。最早應聘出去的，便是藍星詩社的創辦人之一已故詩壇大老覃子豪先生。覃老師是在1960年菲律賓華語學校舉辦「菲華青年文藝營」。請去講授現代詩的，全部授課時間為五周，分日班和夜班，每天授課。他準備了六萬字的講義，完全以現代詩的觀點來詮釋詩的藝術、詩的發展和種種表現技巧。第五周的課程是習作解剖，即將一位學員創作的詩公佈在黑板上，然後要全班同學大家提出看法，利用集體批評的方法來解剖一首詩的得失之處何在。這不僅考驗作者對自己作品瞭解的程度，也可看出其他人的欣賞與批評能力。然後再由覃老師作最後的講評，這也是當時四十餘位參與人認為受益最多，也是最有心得的一堂課，使他們對詩創作的認知有更實用的價值。本書作者和權即為當時的學員之一，時年才十五歲。那麼小的青年即接受到那麼深化的詩的教育，難怪他的詩創作一直維持在一個極高的水準。

　　然而作為一個菲華傑出詩人，和權卻始終是低調處世。他主編菲華現代詩研究會的《萬象詩刊》廿年，出版過《橘子的話》、《落日藥丸》、《我忍不住大笑》等詩集四種；也寫過《論析現代詩》、《和權文集》，得過台灣至少五種文藝及詩的大獎，也兩度蟬聯菲律賓王國棟文藝基金會新詩獎、菲華兒童文學研究會童詩獎。這一連串輝煌的文學紀錄下，和權本人總是若無其事的默默做他自己認為該做的事，絕少參加任何外面的活動或應酬。任外界誤解他為一自傲或冷漠的詩人，他一點也不在意，只讓他的詩像一陣陣好聽的「隱約的鳥聲」樣，不露痕跡的風誦出去，讓人感受一個詩人的真實存在。他深知詩人的價值只在詩，不是一切詩外之物。

　　和權曾自我透露他在詩中植入的文學因素：「如果說，我詩中有什麼主調的話，它應該是對苦難人生的悲憫，對貧富對立的厭煩，對親人的愛戀，以及對戰爭的憎惡惱恨。」證之他這第五本詩集《隱約的鳥聲》所收入的前四輯作品，他所自剖的主調幾全在裡面坦然的道出，既有「感性」的抒情，也有「知性」的理趣。最大的共同特點是：一切均在冷靜、沉著的語言中透露和悟出，既無現代的艱澀，也無浪漫的浮華。

　　和權為詩一生都堅持只寫短詩，他的詩包括最新的這一本，每首至多不會超過廿二行，以四行體為起點，也不曾有放單行或兩行詩的紀錄。1991年他曾寫過一首三十六行的詩〈眼中的燈〉，是寫給菲律賓民族英雄扶西‧黎剎的。他也曾在1990年寫過一首一百五十四行的長詩〈狼毫今何在？〉，感慨如今已沒有一枝像杜甫一樣驚風震雨的狼毫筆來一掃天下橫行的妖孽，和不公義及不平。他對詩的形式似乎特別在乎，也深悉自由詩已自由

到像脫韁野馬似的沒有了規矩。他似乎在服膺美國詩人小說家愛倫坡在他的《詩的原理》中所強調的，作者寫一首詩，讀者讀一首詩，都不能超過二十行。這是人的本能對詩的接受力。

　　任何一個詩人對詩的本體看法，必定有他特定的認知。這是造成一個寫詩人之所以為真正「詩人」的基本條件。和權在本詩集中和上一本詩集《我忍不住大笑》中，均有一首以詩為題的作品，透露出他在不同時空中對詩的看法。前一首是在1990年發表在香港《文學報》，副標題是「給垂明」。垂明即菲華另一知名詩人莊垂明，係菲華「千島詩刊」的作者。詩如下：

詩——給垂明

輕聲問你
什麼是詩

你含笑不答
只睇著
屋蓋上
一對依偎的
鴿子

　　這首詩精緻到極致，卻蘊藏著無窮。他藉探問的口氣，從對方笑而不答，只看著屋頂上一對依偎在一起的鴿子，而從中得到啟示。原來詩的存在就如那對相依偎的鴿子，表露出愛戀、純潔、寧靜與和平。這是眼前所見鴿子們的生存境界，暗示出「詩是什麼」也應如是的理想美滿，這是廿年前和權對詩的認知。

在這本新詩集中，和權也收進一首以「詩」為題之作。我們看他現在怎麼樣看待詩這人生的添加物：

詩

一首詩
一塊晶瑩的
冰

融化之後
你，是否聽見了
解凍的
那一聲
嘆息

仍是極簡的手法，只是首段改用隱喻來加強其肯定性，「一首詩」等同「一塊晶瑩的／冰」的存在。然而有誰聽過冰融化時的嘆息呢？這後一段興起的「大哉問」，有如禪師的偈語，看來極不搭調，其實仍可悟出其中道理。任何東西一旦消失解體都會有其痛苦，沒有一樣東西不珍惜自己的完整，晶瑩的冰塊更不會例外。一首等同於一晶瑩冰塊的詩，一旦失敗消失，又豈有不嘆息的呢？這首短詩道出詩人為詩之艱辛。時光荏苒，心隨境轉，和權對詩的看法更加嚴謹了。不過以和權對詩的認真執著，以及永不服輸的進取精神，那好聽的「隱約的鳥聲」一定會永遠縈繞在我們耳際間。

二〇一〇年九月一日

【推薦序】

勁健與悲慨同飛

——序和權詩集《隱約的鳥聲》

張默

a

菲華詩人和權（一九四四—），與筆者初識大約是一九七六年前後。而《創世紀》第六十八期（一九八六年九月），首先策劃刊出《菲律賓華僑詩選》，計選輯和權、陳默、月曲了、莊垂明、謝馨、林泥水、王勇、白凌、林泉、吳天霽、文志、雲鶴、蘇劍虹等十三家的詩，各具風貌，甚受台灣詩壇愛詩人的矚目。該輯收入和權的小詩〈鐘〉，更是令人玩味：

　　一鎚下去
　　將時間擊成粉末
　　狂笑而去
　　脊影
　　斜斜指向夜空

　　全詩短短二十三個方塊字，凝鍊生動，配置適切，似乎把「鐘」的形貌、運作、感覺，三者巧妙的契合，令人流連不忍驟去。本詩曾收入拙編《小詩選讀》（一九八七年五月，爾雅出版社），附錄在他的〈拍照〉之後，更引起大家的關注。本書共收入海內外華文詩人從覃子豪到陳斐雯等六十八首小詩，目前已銷售第十三版，被多所大專院校選作文學教材。

　　其次是，一九九五年九月，筆者和中生代的蕭蕭合編有名的《新詩三百首》上下冊，九歌出版社刊行，本書概分大陸篇前期、台灣篇、海外篇、大陸篇近期，共收海內外華文代表詩人二二四家的三三六首詩作。其中亦選入和權〈桔仔的話〉，與謝馨、月曲了、莊垂明等菲華詩人並列。特錄全詩如下：

　　　咱們恆是一粒粒
　　　酸酸的桔仔
　　　分不清
　　　生長的土地
　　　是故鄉
　　　還是異鄉

　　　想到祖先
　　　移殖海外以前
　　　原是甜蜜的
　　　橘
　　　而今已然一代酸過一代

只不知
子孫們
將更酸澀
成啥味道

　　筆者在小評中曾如此引證：〈桔仔的話〉，曾收入爾雅版向陽主編的《七十五年詩選》，本詩十分精鍊、準確、真誠。像另一位在海外的詩人非馬一樣，都是力圖把文字壓縮，爆發出詩的張力的健者。〈桔仔的話〉全詩結構簡單，引喻明曉，文字淺白，卻道出了海外華人普遍的心聲。他們一方面自傷自憐生長地是「故鄉／還是異鄉」的尷尬，卻又為下一代華人的「酸澀」變質而憂心。這種無奈無力的精神飲泣，汲汲欲求的尋根心態，應該打動每一位中國人的心。本詩充分展現作者有強烈的歷史情懷，可供再三把玩。

　　又《新詩三百首》，已於二〇〇七年發行增訂新版，繼續為華文詩壇傳播新詩佳作。和權等一批菲華詩人，各以其精緻的詩作，佔據台灣新詩小小的一隅，值得珍視。

b

　　和權在菲華詩壇的聲音，是歷久不絕的。雖然他曾一度停筆，但近年又恢復個人創作的氣勢，他的詩作又再度連續在台港文學新詩期刊亮相。

　　近編詩集《隱約的鳥聲》，前四輯一百餘首，俱是他近年的新作，風采依舊，或許更閃爍著逼人的新意。在未提出個人的讀

後小感，特先節錄他在《我忍不住大笑》（二〇一〇年六月，楊宗翰主編，秀威資訊刊行。）序中的一段話：

「我認為構成一首好詩，最起碼的條件，應是思想內容清新，情感真摯，強烈深刻，同時又是合於善的法式的。如果說，我詩中有什麼『主調』的話，那麼，他應是對苦難人生的悲憫，對貧富對立的厭煩，對親人的愛戀，以及對戰爭的憎惡惱恨──我深知寫詩是一種至為孤寂的事業。我願意在莽莽的荒原上，頂著『幽冷的山月』，做一個獨行的旅人。」

筆者十分認同和權這一分真誠的告白，以之作為我談論探討這本新集裡的某些十分精緻有料的詩作。我不喜對作者的詩解釋得太清楚，或許「蜻蜓點水」、「化龍點睛」、「弦外之意」更是我所偏執的吧！

以下，先節錄他的詩句如後。

　　　答案啊答案
　　　就在千枚萬枚
　　　互相瞄準
　　　的
　　　導彈中
　　　　　　　──染‧末節
　　　一飛衝天
　　　因為掀動的翅膀
　　　一左
　　　一右
　　　　　　　──鷹

千年之前

沙場上

一片喊殺聲

所化成

        ——奇石·末四句

最精彩的表演

是撞牆

讓死亡去尋獲那

湛藍的自由

        ——海豚·末節

他　醺然

望著一雙筷子

發呆

        ——筵席上·末節

乘風破浪

到天外天

去尋找

答案

        ——前生

噠噠的蹄聲

響遍每一條回憶的

柏油路

        ——青春

落花，隨風而去
才知道
天地廣闊
　　　　　　——魚‧落花‧末節

鄧麗君，不在了
小城，仍在
　　　　　　——小城

手持藤條
在家門外
等我
　　　　　　——新居

就算飛千年，萬年
也要飛出時空的
羈絆
葉子說
　　　　　　——飛

伸長手臂
山峰
想　擦拭
怨僧之　淚
　　　　　　——八行

綠樹
笑得渾身顫抖
紅花
偷笑著
　　　　　　——麻雀

能伸，又能屈
無意間
長了一身
鏽　　　　　　　　——彈簧

聽見
一陣轟炸聲
乃由於，凝視屋蓋上的
鴿子
　　　　　　　　——凝視
把頭沉入水中
為你而流的
淚
沒人看見
　　　　　　　　——礁
年紀愈大
鏡子裡的我
愈小
　　　　　　——隱約的鳥聲·前三句

　　以上詩作，筆者開始一遍又一遍的閱讀、推敲、節錄、力求語言的精實，意象的突兀，想像的玄奇，以及某些虛實凸凹之處推拿的瞬間等等。
　　詩，實在是很艱難但又是很巧妙的組合。四十多年前，筆者曾一再引借日本詩家阿部知二的詩話：「詩，就是獨立的，自

動的，一種技巧主義的存在。」我認為以上所摘錄的和權十七首詩作的斷句，雖然其題材、意念、手法、語言等等各有不同的表現，但萬變不離其宗，那就是作者希望他的詩，在愛詩人致力閱讀的一瞬間，能被作者無意中所擷取到的某些精湛深情的片段，的確是最最動人的。也就如美國白略蒙神父所期盼的「達到抒情的出神狀態」。和權的想法、技法、語感或許及此，或許未到，但他神往自己的詩能燦然創發某些難以言述的驚喜，則是不言而喻的。

　　總之，詩是無限。詩是絕對。詩是壓縮。詩是趣味。詩是真摯。詩是飛翔。詩是穿越時空的知性之舞踊。詩是詩人無所遁形的最後的陣地。詩是語言不斷的變調。詩是一個世界真正的完成與終結。

　　是故，上列十七個佳句，就請愛詩人各自以個人讀詩的習慣方法去詮釋。

　　讓每首詩作自身，幽然自得到詩海中去遨遊狂歡吧。

c

　　當代，每位詩人都有自己的局限，每位詩人都有獨特的偏執，每位詩人都有昂大無匹的渴想。畢竟它祇是和權的一本新詩集，佔有他個人詩創作一個小小的逗點。他現在正值盛年，起碼他還有十多年的新詩路可走。最後我朗朗建言：

・他可以默不作聲把這批小詩放在一邊。

・他可以另闢新徑，走更開闊的路，從事其他組詩的創作。

・他可以寫散文詩、田園詩、劇詩、敘事詩。

- 他可以向歷史宣告：
- 下一部詩集，絕對絕對是新鮮的，超現代的，甚至是更古典的。

末了，筆者特別選錄陶潛的〈歸田園居〉二首之二：

> 種豆南山下，草盛豆苗稀。晨興理荒穢，
> 帶月荷鋤歸。道狹草木長，夕露沾我衣。
> 衣沾不足惜，但使願無違。

詩是獨創，詩是活水。開頭我說過：「勁健與悲慨同飛」。實則這四個字，對和權的期許是昂大的，他現階段的詩已略略進入前半段之新景，願他再事推敲，霍霍為他的詩之未來，開發更大更深更玄奇的夢想。

二〇一〇年九月十三日內湖

目　次

067　第二輯　鄉　音

097　第三輯　北山寒瀑布

133　第四輯　耳　朵

193　第五輯　漢英對照

第一輯

權力

官邸裏

有人
丟
髒東西

沒人
丟
貪腐

垃圾筒說

染

遍地的落花
　　　是紅的
池中的鯉魚
　　　是紅的
連一輪衰日
也是紅的

血，腥味的血
即將濺染一切嗎？

答案啊答案
就在千枚萬枚
互相瞄準
的
導彈中

糖　果

好心的叔叔
專門為小孩
製造了
滿山遍野
特別甜美的
糖果

一粒粒糖果
轟然吞食了
一個個天真的
生命
血與糖果一樣
鮮艷

糖果　好甜好美
叔叔　好好心啊

【註】在蘇俄與阿富汗的戰爭中，蘇軍研發出「糖果炸彈」，殺了不少阿
　　　富汗小孩。

和平之城

一灘血
一塊肩膀
一條斷腿
一顆削掉半邊的
頭

耶路撒冷
這一座
隨時有人肉炸彈
開花的
城
什麼都有
　　唯獨
沒有
人人心中的
企盼

【後記】對猶太人來說，「耶路撒冷」意謂「和平之城」。

權　力

不相信醇酒
令人迷亂
越喝
　越想喝

卻整天
說着醉話

二〇一〇年菲律賓《世界日報》「文藝」

素　描

美國仍在伊拉克
播種死亡
等着豐收
正義
全世界啞然
無聲
朝鮮仍在試射
寄託希望的核彈
全世界齊聲鼓譟

老太陽仍在天空中
苦着
一張臉

二〇一〇年，台灣《創世紀》

老　兵

不是
貪杯

而是琥珀色的
酒中
有
子女的
臉

晚 霞

冰淇淋
迅速融化了
融化了
黏得滿手都是
黏得玻璃窗
一片絢爛
連搖椅上的
思念
還有悠悠的嘆息
都成了
五顏
六色

鷹

　　一飛衝天

　　因為掀動的翅膀

　　一左
　　一右

砲彈與嘴巴

砲彈

至今仍在天空中

呼嘯

它發自

百萬張

千萬張

高喊正義的

嘴巴

二〇一〇年，台灣《文訊》

奇　石

今夜
珍藏的奇石
洩露了秘密：
這一塊
色彩斑爛的
是閨房中
濃濃的思念
化成的
這一塊
半黑半白的
是
征人未歸
老母親
枕邊的哽咽
化成的
而那醜醜怪怪
血紅的石頭

則是
千年之前
沙場上
一片喊殺聲
所化成

總統先生

我錯愕
發現：
總統先生所講的
話
生出四隻腳
思想
也長了
獠牙

有人大叫一聲：
快跑！

二〇一〇年菲律賓《聯合日報》「詩之葉」

繁　星

經濟起飛了
國家進步了
精神文明了
今天
還有冤案嗎？

你微笑
抬起頭來
望着
天上的
繁星

謠　言

鋪天蓋地
沙塵暴
矇了眼
也昏了頭

天旋地顛
山崩塌
傷了人
也埋了人

二〇一〇年菲律賓《世界日報》「文藝」

海 豚

波濤中的興奮
已成為
小水池中的沮喪
海豚
賣力表演
以歡娛觀眾

牠
低聲哀咽
日夜懷念
海灣無限寬廣
湛藍的
自由

而
最精彩的表演
是撞牆

讓死亡去尋獲那

湛藍的

自由

【註】近年各地興建了不少海洋世界，利用海豚表演撈錢。而海豚感到痛
　　　苦煎熬，常會自殺。

異　類

（調查顯示：「骨質疏鬆」，成為城市居民常見慢性病。）

別奢望
硬骨

人
原非硬骨類

屈原　文天祥
史可法　秋瑾
啊——
極少數硬骨的
稱之
異
類

名　譽

腥臭
又怎樣？

加點糖
多放些醋
一道美味的
糖醋魚
也就熱騰騰
香噴噴地
上
桌

十二行

笑出滿口的白牙
梳出一頭濃密的
烏黑的
髮

髮
除下之後
牙
除下之後
鏡子裏，赫然一個
無髮
無齒的
人

【後記】報上大標題「販毒籌措競選費，緝毒署長嚴密監控」。令人心情
　　　　沉重，故寫此詩。

　　　　　　　　　　　　　二〇一〇年菲律賓《聯合日報》「耕園」

蚯　蚓

忙於黑暗中
穿洞
開拓地下的
網路

怪的是：
不為名
不為利
幹嘛鑽營？

紅紅的花

庭園裏
綻放朵朵
紅紅的
花
幽僻的巷尾
熱鬧的街頭
靜穆的教堂
砲聲隆隆的
戰場
也綻放朵朵
紅紅的
花

紅花
於眉間綻放
於胸前綻放
啊——

　　槍口冒煙時
你可以看到
一朵朵嬌美鮮艷的
紅
花

二〇一〇年，台灣《創世紀》

筵席上

聽見
大樹倒下
淒厲的
哀號

他　醺然
望着一雙筷子
發呆

俠　客

舉槍
射殺悲傷
射殺疾病
射殺憂愁
射殺不平
也射殺時間

老來
你一直比着
槍的手勢
想做仗義的
俠客

唉唉

二〇一〇年，台灣《創世紀》

凹凸鏡

成天
扭曲人的
形貌
還粗着脖子
說：
有什麼
就照出什麼

二〇一〇年，台灣《創世紀》

車窗外

坐在汽車裏
你　興高采烈
暢談——
　　資金運轉
　　股票騰升
　　樓價上漲

發現
車窗外
草地上
赫然是
一座座
墳墓
我笑了

第二輯

鄉音

「背井離鄉」五篇

鄉音

風來　　驚
雨來　　哭
移植於椰島的
橘子樹
千棵
萬棵

而這些樹
逐漸的
學會在風中
在雨中
講
「大家樂」

如果聽不懂
那是因為它們
堅　　持
在語言中
留　　住
鄉

音

【註】「大家樂」系菲語。

乒乓球
——新舊僑之一

習慣於
被抽被打

乒乓球
不怕生活狠狠地
抽
狠狠地
打
愈使勁地抽打
彈得愈高
跳得愈遠

保齡球
——新舊僑之二

無畏
保齡球的打擊

瓶子
又直又硬
即使
被擊倒一千次
一萬次
嘿　也要重新
站起來

站起來
而且
不流一滴淚

寄　信

郵費
貴了兩倍

是否信封裏
鄉愁
比以前
還重

問

嘩啦嘩啦
熱帶的
黃昏雨
是否
又在你心深處
敲打着
思鄉之鼓？

新僑啊
縱使
沒有依依的離情
在這──
月圓之夜
是否
易淒愴？

異　域

風來過
雨來過
月光　經常來

墓草說：
只有
他親蜜的人
沒來

就讓
墓草的傷感
飄向故園

掌中日月

掌中
盤旋着一對沉沉
沉沉的鐵膽
旋啊旋
一個是月亮
一個是太陽
旋啊旋
　旋出了
唐時
燈下揮毫的日子
草舍讀書的日子
江畔吟哦的日子
凝望着
烽火的日子
旋啊旋
仍旋不出
古今的憂患

與

惆悵

二〇一〇年，台灣《創世紀》

念

微醺時

緊抓住一縷

酒香

往上飄飛

或許

在暮色的雲端

見到

父

親

情人節

聞到
你手上淡淡的
花香
啊——
數十年前今天
你含笑接受
三朵
紅玫瑰

二〇一〇年菲律賓《世界日報》「文藝」

前　生

你說：
也許
前生是夫妻吧

我縱聲
大笑
笑成波濤洶湧的
海
之後
帶着你
乘風破浪
到水之湄
到天外天
去尋找
答
案

以藥引詩

當歸

行血
益氣
也治心痛

舊僑
新僑
記得當歸否

金錢草

化膽石
如化冰雪

卻化不了
比花崗岩硬
的
鄉愁

知母

肺熱
咳嗽

世上
有幾人
真懂老母親的
心思

枸杞子

煮也好
煎的亦罷

一心只要你
白髮變黑
雙目炯炯
來去
輕如風

益母草

老母親的腹疾
霍然痊癒

那不是秘方
是一整夜不眠
配伍孝心熬成的
湯藥

蘆根

給孩子退燒
不必花錢

只要到池塘邊
挖一些情和愛
煎好了
給他們灌下去

三七

被惡言
刺了一劍
心一直淌血
有祖傳的秘方
也無用

非三到七年
不能
止血

蛇床子

可以治
惡性細菌
入侵
汗毛孔
長雞皮疙瘩

難醫
政治秀
一齣又一齣
渾身
起雞皮疙瘩

二〇一〇年，台灣《創世紀》

葬禮之後

妳洛洛
的
笑聲
是回憶水龍頭裏的
水
一扭開
便嘩啦嘩啦
　　　瀉了
　　　一地

閱

天天照鏡
　天天翻書

愈翻
　愈驚
（寫得有點離譜，有點恐怖。作者何人？）

黑與白

髮
染黑了
不久又白了

白　是愛
黑　是恨

象牙

血肉模糊
一具龐然的屍體
躺在那兒
沒有牙，圓睜的眼
再也看不見
茂密的森林

擺在書案上
來自非洲大陸的
一對潔白的象牙
流露着美
玉一樣溫潤的美
若是你多看一眼
或者予以凝視
啊——
似乎聞到它的血腥
　　聽見它的控訴

甚至看到了
它對人類的不仁的
嘲
謔

二○一○年，台灣《創世紀》

惆悵的月

依然希望
　照亮蒼穹

我是畫中
　惆悵的月

二〇一〇年菲律賓《聯合日報》「詩之葉」

隱約的鳥聲

年紀愈大
鏡子裏的我
愈小
小到幾乎不見了
連鏡子
也變成
　一扇窗
窗外是藍天
白雲
巍巍的山
渺渺的海
還有
隱約的鳥聲

二○一○年菲律賓《聯合日報》「詩之葉」

第三輯

北山寒瀑布

眼　鏡

──贈一樂

眼前的一切
都看得
清清
楚楚

只要
透過厚厚的
智慧

二〇一〇年《世界日報》「文藝」

燉

燉的
不是情
不是愛
細火
慢慢地
燉了一生
終於燉熟了
一鍋
香噴噴的
善良
頑固的頭腦
是
燉鍋

北山寒瀑布（之一）

彎彎
曲曲
一灘
險過
一灘

啊啊　瀑布
放聲大哭。為
人心

北山寒瀑布（之二）

再強勁之
泉
也無法洗掉
人的
污穢

瀑布放聲大哭
千百年來
雷霆般
凌空而下的
飛泉
都
白白沖瀉了

青　春

青春是
色彩繽紛的
馬車
飛快地
奔馳

噠噠的蹄聲
響遍
每一條回憶
的
柏油路

二〇一〇年，台灣《創世紀》

門

光明　關在外面
黑暗　關在裏面

門
想了很久
仍然不知道
要怎樣將草地上的
陽光
關在裏面
將滿室的幽暗
以及寂寥
關在
外面

門
有點沮喪

臉　紅

牽手
在公園裏
散步
銀髮的你
突然笑着
像五十年前
一樣，柔聲
對妻說：
我愛妳

羞得天空
紅了
臉

二〇一〇年菲律賓《聯合日報》「詩之葉」

菩　薩

唸佛聲中
驀地揮手
撲殺了腿上的蚊子

似乎
淚光一閃
觀音
依舊含笑

琉璃心

至誠稱誦
大悲咒
誦出顆透明的
琉璃心

雜念浮起
依稀聽見
琉璃的
碎裂聲

晚　課

水面
無漣漪
湖心的月亮
又大又圓
真清晰

超　度

莫非要超度所有
亡魂？

地震之後
葉子們
竟夕在風雨中
唸：
南無阿彌陀佛
南無阿彌陀佛

哽　咽

砍掉了蒼翠
也砍掉了
唧鳴

光禿的山
無言
瀑布卻嚎啕
大哭
成
哽咽

魚・落花

魚
以為水池是
整個
世界

落花
隨風而去
才知道
天地
廣闊

二〇一〇年菲律賓《聯合日報》「詩之葉」

悼
——給老丈人

跨過
地平線
抬頭驚見
您的
容顏

半夜醒來
眼中儘是
您的
慈
笑

另一種土地

長出雀斑
長出鬍鬚
長出魚尾紋
長出白髮
也長出一枚枚
嘆息

鏡子
是另一種土地
而顏面
是種子

魚

魚在釣鈎上
掙扎
魚在鍋子裏
劇烈地掙扎
我彷彿看見
牠在
哭
喊

至今
仍在哭喊
究竟是
魚
還是我？

二〇一〇年，台灣《創世紀》

小　城

繡着繡着
繡出了
綠水　青山
白雲　藍天
繡出了
淳樸美麗的小城

你的歌
是繡花針
在時間的
綢緞上
刺繡

鄧麗君
不在了
小城
仍在

給永遠的情人

赴宴歸來
醺醺然
笑着
猶有飢餓感

飢餓　妳的唇
飢餓　妳的臉
飢餓　柔軟的手
飢餓床邊的細語
飢餓
那消逝了的幸福的時光

詩

一首詩
一塊晶瑩的
冰

融化之後
你，是否聽見了
解凍的
那一聲
　　嘆息

痛

半夜
聽見枕頭裏
一聲聲
喊痛

黑暗中
赫然見到
產婦在喊
老瘋子在喊
喪親者在喊
斷枝落地
被踐踏的花朵
嘶聲
在喊……

天下無敵

兩三下
又贏了
萬眾矚目的
拳賽

高舉雙手
你仰面
露齒而笑
更強悍的勁敵
　「貪」
　「嗔」
　「癡」
正森森地笑着
注視你

二〇一〇年，台灣《乾坤》詩刊

新　居

傍晚
在四十八樓
泳池邊
遠眺

恍惚間
望見
逃學那一天
母親
手持籐條
在家門外
啊──
在家門外

等我

叮　嚀

夢
是獵人
常常深入往昔
的
森林

偶而捕獲
幾聲
媽媽的
嘮叨
或叮嚀

主　席

雙眉斜飛
英氣逼人
嘴角似笑
非笑

偶從書本裏
翻出主席的照片
愈看
　愈看不清
他的
臉

二〇一〇年，台灣《乾坤》詩刊

黑色時辰

停電
妻輕聲說：
小心
別絆倒了

活到今天
已習慣
黑
暗

什麼都看得見
　　　看得清

飛

就算飛千年
萬年
也要飛出時空
的
羈絆

葉子說

即　景

啁啾啁啾
金色的
鳥聲
撒得滿地皆是
芒果樹彎腰
　　撿了起來
笑着
　　笑着
　　　　擲
　　　回
　　晴
空

二〇一〇年菲律賓《聯合日報》「詩之葉」

聽雨記

聽起來
淅瀝的夜雨
正自吹自擂

仔細聽
越來越大的
雨
閃電
與
雷鳴
是斯義桂
「伏爾加河船夫曲」

二〇一〇年台灣《創世紀》

詩集出版了

書很輕

字，很重

因為

馱着歲月

八　行

夜空
泛着點點
淚光

伸長手臂
山峰
想　擦拭
怨憎之
淚

叮叮噹
——讀「風鈴偈」有感

橫逆
都不放在心上
風鈴
其心就是空
但全身是
口
懸於飛簷之下
對春風秋風
說彌陀
對疾風談
畢竟空法
度一切苦厄
叮叮
噹噹
叮叮噹

二○○九年

專　欄

文字們
厭倦了每天
被拼湊成
喇叭
自
吹

每個字
都想
與螞蟻一樣
扛着
　一塊
「好東西」

哭　泣

小明：
路，為什麼哭泣？
鋅片，為什麼哭泣？

爸爸：
它們很有同情心
總是不忍心
看見
許多人死亡
所以，颱風來時
路，就悲傷地哭泣
鋅片，也悽切地
哭泣

第四輯

耳　朵

落葉小唱

綠葉
不停的歌頌
自己

風笑了

葉子枯黃
飄落於地面
仍在悉悉索索
讚美
自
己

五　行

髮　依然濃密
眼　依然明亮

啊如果沒有
詩
千首

火柴盒

很小
卻隱伏着
點亮
千萬支蠟燭
的
能量

心啊
小小火柴盒

電　腦

什麼都知道
電腦
　驕傲
　冷漠又生硬

更冷更傲的你
比它？
你會流淚
它不會
你會寫詩
它不會

七　行

椰島
芮氏七‧五級地震
他國也受到
震撼

誰曉得
是不是好詩
引發的

麻　雀

叫個不停
麻雀
自比蒼鷹
又自稱森林之
王

綠樹
笑得渾身顫抖
紅花
偷笑着

呢　喃

被初戀
刺傷

孤寂時
心中隱隱作痛
的
傷口
依稀聽見
粉紅的
呢喃

萬　歲

有人向帝王
高喊「萬歲」
也有人向章魚
高喊「萬歲」

可那棺木
想了千年
依然不明白
什麼叫「萬歲」

【註】南非世界盃，有一隻八爪神算之章魚，預測八場足球比賽，準確率
達百分之百。故有人向它高喊「萬歲」。

幸　福

病房太冷
悄悄地
妳替我蓋上了
棉
被

（這是一種幸福）

天庭
很靜
雲霧繚繞
冷風颼颼
我常常想念
種種
幸
福

二〇一〇年，台灣《創世紀》

雲與飛機

空中巴士
明淨的窗外
一朵雲
冷笑道：
「飛得那麼快
了不起嗎？
飛得那麼高
也不怕栽下去
⋯⋯⋯⋯⋯⋯
⋯⋯⋯⋯⋯」

空巴超越雲層
飛快而去

尾　巴

眼睛開刀後
看東西
清晰多了
卻驚見
很多很多
尾巴
啊──
到處都有
搖擺的
尾巴
尾巴
尾巴

煙　霧

煙霧中
仙人手持拂塵
盤腿靜坐
一心
無染

煙霧中
不見仙人
唯有野火
烏賊車
和
工業
污氣

烈酒十五行

眼睛
是海碗
盛着煙霞
盛着黃山
盛着風狂濤驚
洶湧的
長江
盛着槳聲燈影
盛着猿啼
盛着船夫蒼涼的
歌

旅遊歸來
仍在想：
這碗烈酒
該邀友共醉

石　頭

一塊石頭
任人踐踏
墊腳
上去
偶而會
將人絆得
狗吃屎

而立於山崖的
石頭
吟風弄月
清高得
不屑一顧人間

我啊
該是哪塊呢？

廣　場

從不多話
撐天的旗桿
很是
沉默

小花小草
卻不顧形象
天天在風中
放開喉嚨
說三
道四

COOKIE

尾巴搖個不停
可愛的小狗COOKIE
又跳上身來
聞聞臉
舔舔手

餵了狗食之後
它，一溜煙
跑掉了
任你叫
也叫不來

跨出家門
我每天都看見
許多
COOKIE

彈　簧

現實
逼過來
暫屈一會兒
生活壓力
舒解後
我就伸

能伸
又能屈
無意間
長了一身
鏽

火　山

沉默有限度

山

也憂思天下

今天

終於向四方八面

大聲吐露

衷腸

憂悒的眼睛

一場雨
路面上的坑坑洞洞
全都成了
憂悒的眼睛

憂悒的眼睛
不看大廈高樓
不看露臍的女人
只看
飢餓的小孩
以及
穿梭於
車輛間
哀哀行乞的
老婦

音　樂

放一張CD
下一場透雨

淋得你
全身濕漉漉的

唯
就是無法解除
鬱悶
也澆滅不了
忿忿
不平之
火

婚　前

握着電話
他柔聲說：
我愛你
永遠
像此刻一樣
愛你……

一隻鷹
滑翔過旅窗

咖　啡

加糖
加牛奶
改了其香
變了其味

既是你的選擇
請笑着
忍受
這甜中帶苦
苦中有甜
一輩子

二〇一〇年，台灣《文訊》

黑咖啡

加糖

加牛奶

算什麼黑咖啡

這一杯

苦苦

香醇的人生

值得細品

辨別其

滋味

二〇一〇年，台灣《文訊》

凝　視

聽見
一陣
轟炸聲

乃由於，凝視屋蓋上的
鴿子

走向白天
——贈新僑

希望
是疾走的
一雙腿

常常摔倒
乃由於
時間之路
長滿了青苔

長滿了青苔
這雙腿　卻能
重新站起來
更堅定
更有力
走出黑夜
走向白天

體　溫

假如你
緊握我的手
會感到
冰冷

體溫哪裏去了？

看啊
落日的餘暉
眾星的閃爍
每盞燈
的
光

給吾兒

拋棄煩惱
拋棄憂懼
拋棄猜忌
在提升的過程中
不得不拋棄
一節又一節的
累贅
上升吧
上升吧

你是
強勁的火箭

集　郵

毀了毀了

一場大水災

數十年

珍藏的郵票

都泡湯了

毀不了

一生

秘藏於心中

一張張

珍貴無比的

親情

友情

愛情

一張張

比故宮的字畫

更昂貴

百倍

千倍
萬位

【後記】二〇〇九年九月廿六日，「旺蕊」大颱風來襲，三冊珍藏數十年
　　　　的郵票全部泡湯，心中戚戚，故寫此詩。

二〇一〇年台灣《文訊》

溫　馨

金色黃昏裏
西沉的落日
希望天地線繫住
滿懷
　溫馨

二〇一〇年，台灣《乾坤》詩刊

互罵的鏡

左壁　右壁
各掛一面鏡
經常吵
經常互罵

乃由於
觀照的事物
都對
也都錯

洗

就讓
濕淋淋的月光
洗滌思念

洗來洗去
一直到天明
還是洗不了
你的
笑

來生
也洗不了

外　勞

女兒
將咯咯的笑聲
傳真過來

隔山隔海

爸爸
依稀聽到
笑聲後悲酸的
哭泣

傾聽天空

天空
喋喋不休

它
用雲朵說話
用閃電說話
用雨點說話
用彩虹說話
用微風說話
用晚霞說話
用歸鳥說話
用夜色說話
也用燦亮的星辰
說話

啊啊　原來
天空如此多情

如此悲喜
交
集

花

嬰兒
退燒了
小婦人臉上
綻放燦爛的
笑

遂見到滿山遍野
芬芳的
欣
喜

呻　吟

百萬噸進口米
飽塞
於倉庫中
腐壞

半夜裏　又有
菲人在眠夢中
呻吟着
餓醒

星加坡四題

摩天輪

不知覺中運轉到
天上
才一貶眼
又降回地面

上去　上去
下來　下來
艷紅的落日
　　看多了
笑只笑
老是有人
想
永遠坐在
上方

CASINO

僅僅是
幾張
輕輕薄薄
的
紙牌

卻
壓得你
聲名龜裂
愛情
也流血
不止

財富之泉

摸一摸吧
也許
噴濺的水珠
真會擊碎
人生的灰暗
顯露出絢爛的
七色彩虹
也許
噴濺的水珠
真會噴濺成
詩中
顆顆透明的
珠玉

【註】星加坡最大的購物商場新達城，有個財富之泉，曾被金氏世界紀錄
　　　列為世上最大的噴泉，據說會為摸過它的人帶來財富和好運氣。

超重
──給周粲

把相見時的欣喜
流露的友情
以及
一夕的詩話
都用笑聲
包起來

自星返菲
過關時
櫃台小姐
卻搖首，說：
行李
超重

二〇一〇年菲律賓《聯合日報》「耕園」

蹺蹺板

紙鈔不輕
公義不重
是以
司法之天平變成了
蹺蹺板

【後記】台灣多位大法官涉賄遭捕，有感而寫。

小　詩

腐爛？

生蛆？

但我非充滿慾望之

軀

只是一首

氣韻生動

融會着情與趣

露與隱

拙與巧的

小詩

美麗的傘
──給女兒

手指
戴上鑽戒了
移民了

在細雨中
撐開美麗的
傘
又聽見
水珠
一滴　一滴
輕喚着
妳的名字

心啊
永遠遮妳的
傘

被　子

夜那麼冷

腦海中

展顏的

笑容

是溫暖的被子

蓋不蓋

由你

礁

把頭伸出海面
與浪濤
一起咒罵
愛情

把頭沉入水中
為你而流的
淚
沒人看見

停電又怎樣

黑暗
更襯出內心
萬丈
光芒

二〇〇九年

詭譎的笑

別以為我不知道
你偷瞄了剛剛走過的
低胸的女子
別以為我不知道
你聖潔的心湖
盪漾着漣漪

雕像啊雕像
你嘴角詭譎的笑
透露了一切

耳 朵

樹上 一葉葉
豎立的耳朵
在諦聽
四週

聽風景的寂寞
聽小溪枯竭
聽野花的凋零
也聽
雲的聚散

槍砲飛彈

和平

人道

民主

入侵了阿國與伊國

而正義

狠狠地打

打退了文明

打退了一百年

尺

愛是直尺
情是圓球

直尺將如何
如何
測量到
圓心

圓規

畫出
一圈一圈的
圓

不介意
沒人看到
內心的
方

憐

展翅飛走了
鶴
不願
立在雞群中
顧盼
自憐

獨飲

誰說
沒有下酒菜？

伸出筷子
可以夾一只孤寂
可以夾一塊傷感
可以夾一片思念
也可以
夾一些帶點苦味的
憐憫

醉

喝酒
不會醉

但是
一樽又一樽
喝著心事
喝著舊情
喝著故人的
音容
一定醉

醉得
大聲嚎哮
涕泗滂沱

客機

針線
縫合了思念的傷口

唯縫合不了
另一道傷口：
死別

馬　車

揮手
招來了馬車

這輛色彩繽紛的
馬車　仿如
帝王的寶座
馬兒
卻瘦骨稜稜
口吐白沫
啊——
載得起我
滿心對人間
的
悲憫？

【註】往昔，岷尼拉市華人區居民曾以馬車為主要交通工具之一。今日，
　　　在街道上仍然可以見到馬車的縱影。

第五輯

漢英對照

滿園的小白花
——參觀麥堅利堡有感

插在墓園裏
是旗桿上的星條旗
佔領了偌大的草場
還是十字架一座座
白色的小花
佔領了星條旗

槍聲與炮聲
已然沉寂成種子
埋在墓園裏
又萌牙　開花於
湄公河畔

又將
開遍浩瀚的沙漠嗎
槍聲結的果實

炮聲結的果實
是正義
還是醜惡
是勳章
還是十字架

而十字架一直在繁殖
於東方　　於西方
於北方　　於南方
能不能繁殖出
人類永恆的
和平
與
安寧

【註】第二次世界大戰期間，三萬多美軍在太平洋地區戰死，其中一萬
　　　七千有骸骨者以十字架刻名成等距，安葬於菲律賓馬尼拉市郊的一
　　　處墳場，即「麥堅利堡」。

一九九一年元月三日菲律賓《菲華文藝》副刊

A PARK OF LITTLE WHITE POSIES

-on a Tour of Fort McKinley

Original by Ho Ch'uan
Translated by John Sy

Implanted in the cemetery
does Stars & Stripes up the pole
possess such an enormous lawn
Or do the white little posies
of each and every cross
possess the Star & Stripes

Roars of pistol and cannon
had been silenced into seeds
buried in the cemetery
and budded　　blooming along
Mei-kong riverbank

Again will they
flourish all over the vast desert

The yield of pistols' bang
the yield of cannons' boom

is it justice
or is it blemish
is it a medal
or is it a cross

And the cross has been propagating
way east   way north
way west   way south
Could it propagate
man's everlasting
peace
and
order

Note: 17,000 among the 30,000 odd U.S. soldiers, who died in the pacific during World War II, were buried in a cemetery by the suburb of Manila, Fort McKinley, and decorated with equidistant named crosses

眼中的燈
——給扶西·黎剎

銅像啊
你不要悲傷

現今
受到炸彈震撼的
美麗島嶼
依然是青草如夢
　　　茉莉花香

你不要悲傷
大停電時
窗內有羅曼蒂克的
燭光　巴士停駛時
窗外有蹄聲嗒嗒的
馬車

若是
超級市場　已然不見──
甜美的舶來水果的
蹤影　那小攤
仍會展現熟透了的
土產的
芒果　香蕉
木瓜　鳳梨

你不要悲傷難過

颱風吹毀了
千萬幢鋅片搭成的
住宅　卻是
吹毀不了一雙雙粗壯
有力的赤手

你不要悲傷難過

在冰冷的雨聲中
在暗夜裏　必然有人

不能安眠地像你：
點燃了
眼中的燈
靜靜地　默默地
亮着
關愛

【註】扶西・黎剎，是菲律賓民族英雄、詩人。他的銅像立於馬尼拉倫禮
　　沓公園，即西班牙統治者槍斃他的原地。

一九九一年三月七日台灣《自立早報》副刊

THE LANTERN IN THE EYES

-To Jose Rizal

Original by Ho Ch'uan
Translated by John Sy

O bronze statue
don't you grieve

By now
the bomb-shaken
comely inlands
are yet blessed with dreamy green pastures
　　and aroma of jasmine

Don't you grieve

When in major blackout
in the window there's be romantic
candlelight　　and as buses quit

out the window there'd be rumbling
carriage

Should the
supermarket　　be rid of
delicious imported fruit's
trace　　those tiny stands
would still display ripened
nativegrown
banana　　pineapple
papaya　　and mango

Don't you grieve and feel bad

The typhoon may wipe out
myriad of galvanized iron
huts　　but not can it
wipe out pairs of muscular
forceful bare hands

Don't you grieve and feel bad

In the chilly drip drop of the rain

in the night gloominess some must
have remained sleepless like you
lighting up
the lantern in the eyes
silently　　quietly
shining with
loving care

NOTE: Jose Rizal is a Filipino national hero. His bronze statue stands at Luneta
　　　Park. where he was shot by the Spanish rulers.

落日藥丸

憂思天下，或許
不是癌症一般的
難以治療
只要
伸手取來落日藥丸
就着洶湧的海
暢快地
送下喉嚨

一九九〇年台灣《聯合報》副刊

HE SUNSET PILL

Original by Ho Ch'uan
Translated by John Sy

To be worry-ridden worldly, perhaps
wouldn't have been as hard to treat
as the carcinoma
should
the hand stretch to get the sunset pill
and by the torrential sea
cheerfully
wash it down the throat

拍　照

笑着對妻說：
不必拍了
妳的底片
容不下整個的我

看到照片
我愕然：
怎麼一家人
都容下了

一九八五年《藍星》第四號

PICTURE TAKING

Original by Ho Ch'uan
Translated by John Sy

I grinned and told the wife:
Don't bother to take
Your Negative
cannot contain me altogether

Seeing the picture
I was startled:
So the whole family
was contained

鈔　票

印在鈔票上
小小的數字
你我都看得清楚

儘管
鈔票上的人面
比數字還大
那智慧的雙目
炯炯有神
那端正的慈容
憂思天下
在吾人
眼都沒眨的
計算鈔票時
仍然是
看不見的

一九九〇年二月二十七日菲律賓《耕園》副刊

BANK NOTES

Original by Ho Ch'uan
Translated by John Sy

Printed on bank notes
the tiny tiny numbers
you and I all do see clearly

Even though
the portrait on the notes
out-sizes the numbers
those wisdom-glutted eyes
scintillate vividly
its upright kind features
worry for the world
while we people
blink not even an eye
enumerating the notes
still these are
not taken into view

鞋

一路走來
鞋子
不斷擦碰
有稜有角的
沙
石

鞋，已然穿洞
猶兀自
想
縱橫天下

一九八三年

THE SHOES

Original by Ho Ch'uan

Translated by John Sy

Coming along the way
the shoes
had a constant friction
with the rugged and jagged
pebbles
and rocks

The shoes, though worn through
still would yet
intend
to cover the world

潮濕的鐘聲

星星是

夜的簾幕上

無數個小洞

諸多天國的人哪

就躲在那低垂的黑幕後

窺視着

塵凡的

悲劇

我彷彿聽見輕微的哀嘆

似一縷潮濕的鐘聲……

一九九三年菲律賓《萬象》

THE WET SOUND OF THE BELL

Original by Ho Ch'uan

Translated by John Sy

The stars are

the night screen's

multiple punctures

And O multitudinous ones of heaven

do skulk behind that fallen dark curtain

to peer into

the mundane

tragedy

I seem to overhear slight wailing sighs

like a nip of wet sound of the bell.······

怒　火

為不平
胸中昇騰的
氣忿
漸熄

但，一言一語
猶熱
足以
溫暖人間

RAGING FLAMES

Written by Ho Ch'uan
Translated by John Sy

Over injustice
glowing in the thorax
the grudge
gradually subsides

Though, each and every word
remains ardent
enough to

                                      warm up the mundane world

樹根與鮮鮑

在遙遠的非洲
他們以皮包骨的手
在沙土裏翻找
樹根

在馬尼拉
我們以銀叉銀匙
在碟子裏挑揀
鮮鮑

一九八五年十月十五日台灣《聯合報》副刊

TREE ROOTS AND FRESH ABALONE

Original by Ho Chuen

Translated by: Susie L. Tan

In faraway Africa

Bony hands

Turn the sandy loam for

Tree Roots

In Manila

Silver spoon and fork

Search the plates for

Fresh Abalone

我忍不住大笑

落日
對着
一大群人圍觀的講台

講台上捏拳的演說者
說得連公園裏的椰樹
　　　都不停點頭

假如海灣的落日
是我睜開的一隻眼睛
嘩然的海浪
便是我忍不住的大笑

一九八六年台灣《藍星》第七號

THE LAUGHTER I COULD NOT HOLD

Original by Ho Chuen
Translated by: Susie L. Tan

The setting sun
　　Faces
　　A multitude around the stage

The speaker gestures with his fist
　　And the coconut trees in the park
　　Nod as they listen.

The setting sun over the bay
Is my opening eye
And the rolling waves
Are the laughter I could not hold

橘子的話

咱們恆是一粒粒

酸酸的橘子

分不清

生長的土地

是故鄉

還是異鄉

想到祖先

移植海外以前

原是甜蜜的

而今已然一代酸過一代

只不知

子孫們

將更酸澀

成啥味道

原載台灣《葡萄園》詩刊

CALAMANSI

Original by Ho Chuen
Translated by: Susie L. Tan

Each of us is
A calamansi
Wondering if
The soil that nurtures us
Is native or alien.

Our fathers
Back in the old century
Were sweet
Yet sour each passing generation.

Shall we know
How much more sour
In taste
The children after us will be.

NOTE: Calamansi is a small citrous fruit, the Philippines version of the lemon.

彩筆與詩集

我是小女兒
書包裏的
一盒彩筆
她可以隨意
繪出
心中想要的
景緻

小女兒是我
書枱上的
一本詩集
讀了千百遍
發現
愈讀愈有
味

一九八五年原載台灣《中華副刊》

COLORING PENCILS AND BOOK OF POEMS

Original by Ho Chuen

Translated by: Susie L. Tan

I am my little daughter's
  Box of coloring pencils
  In a school bag.
She can draw at will
  The scenery
  Her heart desires

My little daughter is the
  Book of poems
  On my writing desk.
I have read a thousand times
  Only to discover
  There is a lot more
  To savour.

我的女兒
──贈女兒潔寧二歲生日

小女兒來自上帝的懷抱
　　　辮絲兩條
　　　洋娃娃一個
喜歡坐在石階上
　　　派發不懂世故的幼稚
　　　揮霍了無牽掛的嬉笑
我在羈旅中的慾望之塵垢
便在嬉笑的漩渦中滌淨

女兒的容貌是
輝煌的陽光染紅的大海
成天映照着一道絢麗的
　　　寵愛之長虹
我願與海終日對坐
看她的瑰麗多變
看她輕輕撩亂了雲端

偶爾自那深深的雙眼中
激蕩出一陣陣童真的波濤
那波濤呵，一高興就踮着腳
上岸
在我這遼闊的心靈之海濱
飛舞，漫步
且印下千年的足跡

一九八一年

MY LITTLE GIRL

dedicated to my daughter LYNN MICHELLE
on her 2nd birthday

My little girl comes from God's embrace
     with two braids
     and a doll
She loves to sit upon the stones steps
     exuding her innocent charms
     bestowing her carefree smiles
And my aspirations, long dust-covered
     in my travels
Are cleansed pure again by the eddy
     of her laughter.

That girl's face is
That ocean blushed by the brilliant
     sunbeans
Throughout the day reflecting
A rainbow as lovely as it is beloved.

Oh could I but sit all day long
And watch her loveliness ever changing
Gently as the clouds that hover above

At times from the depths of her eyes
Stir ripples of childlike innocence
Oh ripples which in gladness tip-toe
    To come ashore
And upon the wide coast of my soul
    Dance and stroll
Imprinting foot prints of a thousand
    years.

第六輯

詩評論（附錄）

千島之國的桔香

——菲華詩人和權詩作欣賞

李元洛

　　「后皇嘉樹，生南國兮」，「深固難徒，更壹志兮」，兩千多年以前的屈原，在他的「桔頌」中禮讚生長於南國的桔樹，讚美這支樹的家族的堅貞不移。兩千年後的今天，台灣林白出版社出版的詩集《橘子的話》遠渡重洋，從千島之國飛落到我小小的書房，它的作者是菲律賓華裔詩人和權。雪白的壓膜封面上，是一青綠一橙黃兩個橘子的圖案。時值高秋，正是王昌齡在湖南寫「醉別江樓桔柚香」的詩句的時節，我揭開這本詩集的封面走了進去，留連竟日，手掬心領的是熟悉而又陌生的桔香。

　　和權，本名陳和權，原籍福建永寧。六十年代初期，菲華現代詩詩運勃興，年輕的和權即和繆斯訂立青春之盟，現在他雖已人到中年，但還沒有任何解約的跡象。他曾任「辛墾文藝社」社長兼主編，也是「菲華文壇」、「千島詩社」的發起人之一，負責「千島詩社」編輯工作。一九八七年，他還和另外幾位詩人倡組「現代詩研究會」，在菲律賓聯合日報出版「萬象」新詩月刊。和權的詩作，散見於菲華各文藝副刊，以及台灣、美國、香港、新加坡等地的詩刊和報章，曾入選台灣多種詩選本，一九八六年曾獲菲律賓王國棟文藝基金會的第二屆新詩獎。《橘

子的話》於一九八六年問世後，次年即獲得台灣的「華文著述獎」。由此可見，和權是長期耕耘於菲華詩壇並卓然有成的一員健將。從本文所賞析的幾首作品，也約略可以看出他的詩創作的特色與風貌。

　　在和權的詩作中，洋溢著真摯的鄉情、親情和宅心仁厚的悲天憫人之情。身在海外的和權，是華人的後裔，生活在蕉風椰雨的海外島國，但他的血管裡奔流的卻仍是炎黃子孫的血液，中國仍然是他的「母國」或者說「祖國」，尋根之情仍然是他們這一代海外華人的普遍心態：他雖然廣泛地吸收了本土文化和西方文化，但他和中華民族的文化傳統卻仍然有血濃於水的淵源。因此，源於鄉情的「鄉愁」也自然成了他的作品的主題之一。「鄉愁」，在台灣詩作和海外的華文詩作中，是一個普遍的歷久不衰的母題，已經有了許多成功動人的作品。然而，和權抒寫同一內涵的詩作，卻有自己獨至的貢獻。「橘子的話」、「蝦」、「中秋」和「某夜」這四首作品，它們的審美內涵雖然並不絕對一致。卻可以說是大略相同的，但是，它們的審美視角和表現方法卻絕不雷同，絕不是在單調的平面或單一的方法上重複。「橘子的話」與「蝦」是詠物之作，「橘子」與「蝦」，在這裏成了一種詠意的寄託和象徵。詠物詩的藝術奧秘，就在於要詠物而不泥於物，既要寫出物的形狀，又要有所寄寓，入乎其內，出乎其外，二者的交融要獲得一種美學上的和諧之感。「橘子的話」一詩，暗含中國傳統文化中桔逾淮為枳這一典故，但卻由此出發而作了典故的重鑄與翻新，時間由古代而現代，空間由中國而海外，原有的典故只是一個比喻，現在的重鑄翻新卻是一代海外華人的整體象徵。如果說「桔」這一象徵體具有歷史的文化的深

層內涵，那麼，「蝦」則是從現實生活中就近取喻。詩的焦點集中在「水族箱裡落戶」的蝦，詩人將「龍的族類」過去的「雄姿」，與今天的「困居」作強烈的對照，抒寫了海外華人遠離故土的寂寞感與失落感。「某夜」與「中秋」不也是如此？「某夜」實在是一首當代的海外遊子的「靜夜思」，李白寫的是「月光」，和權寫的是「燈光」，李白由如霜的月色而思故鄉，和權由如水的燈光而思故國的月亮，時空變異，內涵自然也有地域與時代的不同，和李白清淺的白描與單純的比喻比較起來，和權的詩具有多重聯想與意象變形，手法當然也屬於現代。新加坡詩人周粲談和權的詩集「橘子的話」，曾寫過一篇題為「鄉愁，赫然在床上」的文章，他說「這裏頭有深沉的委曲，也有濃濃的鄉愁」，我想，同是海外華人詩人的周粲，他應該是情同此理而深有會心吧？

　　不論現代新詩如何變革，詩總是以情動人的。情，是詩之所以為詩的最基本的美學原素。那種重知性而輕感性的有理無情之作固然不能感人，那種不知節制甚至品質低下的濫情，也同樣不能進入詩的殿堂。詩情，以真摯，有深度和高格調為它的三原色。和權除了再三抒寫他無法排遣的為許多人所共鳴的鄉情之外，他也多次抒寫了他的親情，如獻給母親的「甘蔗」，寫給妻女的「拍照」，懷念亡友的「噴射機」，而「彩筆與詩集」寫平凡的父女之愛，構思卻頗為別緻，全詩基本上由兩個比喻構成，即「一盒彩筆」與「一本詩集」，比喻貼切而新鮮，「我」與「小女兒」裏交叉的寫法，既繼承了中國古典詩歌「從對面寫來」的傳統詩法而又有新的發展，讀來親切而深婉。如果以為詩人只是局限於小我之親的格局，那麼，「樹根與鮮鮑」一詩則作

了否定的回答。一個真正的詩人，應該有對於他人乃至人類的關愛，有一種仁者的寬厚胸懷，這首詩以鮮明的藝術對比，將「非洲」與「馬尼拉」、「皮包骨的手」與「銀叉銀匙」、「沙土」與「碟子」以及「樹根」與「鮮鮑」組合在一起，構成極為精警而聳人眼目的意象，表現了詩人那種悲天憫人的仁者胸懷，具有相當強烈的震撼力，使人不禁聯想起台灣名詩人洛夫的「剔牙」：「中午／全世界的人都在剔牙／以潔白的牙籤／安祥地在／剔他們／潔白的牙齒／依索匹亞的一群兀鷹／從一堆屍體中／飛起／排排蹲在／疏朗的枯樹上／也在剔牙／以一根根瘦小的／肋骨」。由此可見詩心的相通，也由此可見：鄉情、親情和對人類苦難的同情，是和權詩的抒情三重奏。

　　和權的詩，簡潔明朗而含蓄雋永。英國美學家鮑山葵在本世紀初作的「美學三講」中，提出「淺易的美」和「艱奧的美」的觀點，我以為也適用於詩。有的詩著重寫詩人美感觀照的客觀外物，質樸而率真，明白而曉暢，如果它們能做到語淺情深，語近情遙，那當然是淺易之美中的上乘之作。有的詩著重寫外物所刺激的內心世界，旨意深藏不露，有時甚至包蘊多義與歧義，讀者必須積極地投入，方可思而得之，這種作品只要不陷入晦澀的迷魂陣，也同樣可以為讀者所欣賞。和權的詩，正如台灣名詩人向明為「橘子的話」作的序言所說：「他的語言非常簡潔凝煉，絕不用不相干的形容詞來虛胖文句，也不以拖泥帶水的扭捏語法錯亂讀者的方向。」但是，除了簡潔凝煉之外，和權的詩作還能在淺易與艱奧之間作適度的調整，力求一種中和之美，使得作品所蘊含和傳達的審美信息，對讀者是在熟悉與陌生之間，既是新穎的，又是可以理解的，簡潔明朗含蓄雋永一爐而煉，兼而有之，

作品本體不但具有可鑑賞性，而且有耐鑑賞性，這樣就大大地刺激了讀者審美欣賞的慾望。

「蝦」這一作品的外在形態及表層意蘊是簡潔而明朗的，但是，它的深層意蘊卻具有多義性或者說歧義性，換言之，意蘊至少不止單解而可合理的多向的解釋。你既可以理解為「是對菲華自身處境的感嘆」，「陳述他們困居海外的寂寞」（向明），也可以理解為人與環境（包括自然環境與社會環境）失調的一種象徵，同時，也可以從中感到一種昔盛今衰的無奈與悲涼。總之，它的多義內蘊遠遠超出了「蝦」這一具體的物象，由此出發而作輻射狀展開，從而刺激讀者多重與多向的聯想。「中秋」一詩也是如此。中國詩歌中寫中秋明月的好詩不勝枚舉，從和權的「中秋」之月，我們固然可以看到千餘年前李白詠嘆過的明月餘暉，全詩的外在意象清明，而絕不晦澀，但詩的內蘊卻不是一眼見底，而有如月色一樣朦朧，引人尋索。「鄉愁，赫然在床上」，實寫鄉愁而暗寫月光，具象的月光轉位為抽像的鄉愁，「顫抖的手／握住郵寄而來的鄉音／那是老母親疊聲的／呼喚」，具象的可視的信轉位為抽像的訴之於聽覺的「鄉音」，再轉位為更抽像的「呼喚」，內蘊是明朗而含蓄的，其意味遠遠勝過正面的淺白的直陳。

和權的詩，在章法與句法上也有許多值得稱道之處。下面作一些簡略的論列，有如異地的優美風光，請讀者和我一起同遊共賞。

章法，即是作品的佈置之法。黃山谷是宋代的著名詩人，范溫的「潛溪詩眼」曾經記載他的有關看法，他認為「文章必謹佈置」，「古人律詩亦是一片文章」。我以為，無論是古典詩或

現代詩，都應該講究章法，決不能隨心所欲，散漫無章。在現代
詩的創作中，所謂章法則主要是指全詩的意象結構的經營，而許
多新詩的失敗，原因之一就在結構的拖沓散漫，缺乏藝術的匠
心。和權詩的結構，除了一般性的謹嚴之外，值得借鑒的一是圍
繞中心意象結構成章，一是意象結構中的情境逆轉。例如「橘子
的話」以物擬人，出之以第一人稱的自白，其中心意象是「橘
子」，圍繞這一中心意象，空間佈置是「故鄉」與「異鄉」，時
間佈置是「咱們」的現在，「祖先」的過去，「子孫」的將來，
整體意念則是「酸酸的」與「甜蜜的」對照。「蝦」也是如此，
全詩以「蝦」為中心意象，不枝不蔓，「水族箱」的現實與「湛
藍的波瀾」的非現實作強烈的對照，使全詩的悲劇結構更加動
人。情境的逆轉，它是對直線鋪排的逆反，可以避免一瀉無餘的
平淺直露和一眼洞穿的平庸乏味。如「橘子的話」是「逆轉」，
由現實的抒寫轉入歷史的回溯，再轉入到未來的想像，一轉一
境，咫尺之內頓生波瀾。「蝦」於「在水族箱裏落戶／似乎美好
無憾」的開篇之後，全篇隨之而來的情境所展示的，都是「美好
無憾」的反面，這是深化主題，開拓境界的「突轉」。「彩筆與
詩集」則可以說是場景的「順轉」：先寫「我」是小女兒的「彩
筆」，再自然地轉入「小女兒」是我的「詩」，轉折相生，別饒
佳趣。「樹根與鮮鮑」則不妨視之為時空跨度極大的「遠轉」：
由遙遠的「非洲」而至眼前的「馬尼拉」，兩種截然對立的情境
像蒙太奇鏡頭組合在一起，頓時產生令人心驚的美學效果。

　　句法，是現代新詩十分講究的藝術。中國古典詩歌已經在不
斷追求句法的新創和變化，如杜甫就曾創造許多特殊的句法，並
且在「寄高三十五」中稱許高適「美名人不及，佳句法如何」，

何況是更為自由的現代新詩？和權在中國傳統的煉句、謀篇的基礎上，吸收了西方詩歌的跨行句的長處，他常常把詩句中重要的詞跨行而且單獨作一行排列，著意造成一種對照互映的美學效果，如「某夜」第一節結尾的「一尾游魚」和第二節結尾的「殘月」，「彩筆與詩集」第一節收束的「景緻」和第二節收束的「味」，「樹根與鮮鮑」第一節殿後的「樹根」和第二殿後的「鮮鮑」就是他在句法上一種變革與創新的嘗試。當然，這種句法不能成為一種固定的模式，因為同是天空的雲彩，它們也是姿態萬千的，何況是詩？

　　正當盛年的和權，他的創作生命也正值金色的秋天。秋天是桔綠橙黃的季節，「青黃雜糅，文章爛兮」，在和權遙遠的故國，且讓我期待他的詩作的更遠播的清香！

李元洛：中國當代詩評家，現為湖南省作家協會副主席、湖南省文聯研究員（教授）、湘潭大學中文系、湖南師範大學中文系、西南師範大學新詩研究所兼職教授。曾出版《李元洛文學評論選》、《楚詩詞藝術欣賞》、《台港與海外新詩欣賞》、《詩美學》等多種著作。

轉化與提升

李元洛

在遙遠的非洲
他們以皮包骨的手
在沙土裏翻找
樹根

在馬尼拉
我們以銀叉銀匙
在碟子裏挑揀
鮮鮑

　　在整體是鮮明強烈的對比的藝術框架中，上下兩段又構成時間與空間以及具體生活場景的逐句對比。有的論者不是絕對地強調「詩就是自我表現」嗎？這首詩著重於對外在世界的對比描繪，但是，詩的抒情主人公的自我形象，也如立紙上，使人肅然而生敬意。讀這首詩，讀者也許會要想到杜甫「自京赴奉先詠懷五百字」中的名句「朱門酒肉臭，路有凍死骨」，作為現代人與現代詩人的和權，可能是因為老杜所說的「榮枯咫尺異，惆悵難再述」吧，他這首詩只寫了寥寥八行，我不敢唐突有詩聖之稱的

前賢，但我認為和權不僅遠涉重洋承襲了他的一脈心香，而且作了現代詩人視野更為廣闊的轉化與提升。

為和權詩歌的批評
所提供的一種參照

邵德懷

　　由於歷史原因，大陸批評界對海外華文作者在艱難條件下堅持創作，都抱同情，讚賞和欽佩態度，對他們的作品都持比較寬容的尺度進行衡量和批判。但實際上，海外作者的創作本身有許多已經達到相當高的水準，完全經得起嚴格批評。菲華詩人和權的作品，不但經得起嚴格批評，而且藝術上因詩人的創造性建樹還形成了鮮明的特點。

　　詩人主體與主體外部事物的關係，包括詩人與社會、詩人與自然的關係，曾經是人們考察現代詩歌時必然的注目對象。過往相當一些大陸批評者認為，現代詩人崇拜個人內心世界是與他們對外界社會的逆反傾向相伴始終的。如果將這種概括從西方現代詩人身上移用到東南亞現代華文詩人身上的話，可能就不具備說服力。東南亞現代華文詩人的作品，絕大多數是與社會和自然達成一致的。即使是對社會和自然負面現象的斥責，最終也指歸於詩人與它們的統一。東南亞現代華文詩人的此種創作特點，可能與他們在接受西方現代文學影響的同時也接受了中國文學傳統的影響有關，文與世的統一是中國文學傳統風範之一。和權詩歌富有現代色彩，他的主體精神與社會和自然保持了默契和諧的關

係。台灣詩人向明曾經「以性質分類」將和權詩歌「歸納為三種」類型，第一種是以崇仰的心情來緬懷先賢，第二種是對菲華自身處境的感嘆，第三種是親情的表露。[2]向明實質上對和權詩歌的情感內容作了較全面的概述。無論是緬懷先賢、感嘆處境，還是表露親情，都表明和權的精神意志與外部事物之間的不可分。從人與社會的關係看，和權創作詩歌不像西方現代詩人那樣遊移到反社會的個人角度表示與社會格格不入，也不否認人與人彼此間瞭解和互益的現實必要性，他既注意保持詩人的藝術獨立性，又注意詩人作為社會成員與社會的共融。以菲華處境問題講，它涉及到在菲華人的全部成員，前輩流落他鄉的隱憂，後輩精神心理的迷失，絕不是置於一己於社會對立面的人所會顧及。問世後好評如潮的「橘子的話」所流露的情感之所以具有經久不衰的精神力量，我覺得是因為作者將深刻的個人體驗與菲華多數成員的體驗融匯在了一起。飄零海外的失落感，撫今追昔的傷感，對未來的憂患，在這首詩裏不但是詩人個人而且是詩人所屬群體共同情緒的流露。現實主義文學講究情感的典型性，和權雖是現代主義詩人，他的詩歌情感卻也兼容個性和共性，具有一定的典型性，典型性的存在，使他詩歌感情形成了普遍意義。

詩人主體與主體外部事物之間的關係較難處理。無論詩人偏於哪一方面，都可能導致詩意的喪失或詩意的迷亂。和權詩歌創作在這方面的處理比較成功，這與他在詩歌立意上的成功追求有關。一般地說，他的詩歌立意都集中在一個大文化背景上，即華人的遷徙生涯和浮游心態。他往往從個別的情感經驗出發，進而

---

2 向明「簡潔凝煉的詩──序詩集《橘子的話》」，和權《橘子的話》台灣林白出版社一九八六年出版。

體現群體的情感經驗，尋找兩者間的共通性，完成兩者的結合。他的詩集以「橘子的話」為題很有寓意，它說明了詩人創作的基本文化背景。和權詩歌的立意觸及到了華文文學的一些傳統母題，因此必然生發出沉甸甸的歷史內涵。立意當然貴在作者有自己的獨到性，但是欲使立意乃至整篇作品更為豐實和深厚，就要注意作品立意與社會歷史的聯繫。和權詩歌創作的成功，印證了這個道理。「死後」說：「冰冷的身體／將火化於華僑義山／一顆赤熱的／心／將回歸／我的家鄉」。回歸意識是相當長一段歷史時期內，也是未來較長時期來海外華人的不少成員所共有的。和權作為第二代華人，心理深層多少也具有這樣的意識。正是這樣的意識制約他時時「設想」「心呀／是一枚枯萎的／落葉／靜悄悄／落在江面／奔流千里／如是／回歸福建／回歸永寧」。福建、永寧在和權是特指，而從藝術創造角度看則是泛指。這首詩的立意所反映出的社會歷史性十分鮮明。

　　從心理素質講，和權多半是一個溫存的人。面對華人在海外不夠理想的處境，面對日經日曆的不夠順眼的現實事件，他採取的不是慷慨激昂而是切合實際的有限忍耐的態度。由於性格影響，他的詩歌在情緒上趨向平和與沉靜。他少於對現實驚濤駭浪的正面臨摹，而多於對現實所引起的經過沉澱和冷卻的心理反映的描寫。他的詩歌形式是現代的，內在精神品質則是溫柔敦厚的，很接近古典風格。由於同樣原因，他慣於在尋常生活中習見的微小事件和事物上發現詩意，構成篇章。欺世盜名者，向來為世人鄙視，但卻並不因遭人鄙視而絕跡。和權寫這類人時，沒有採取激烈言辭進行譏諷，而是以極具詩意的構思和輕快並有自嘲意味的語言，表達了自己的感情。「著了華裳／風一掠，便／幌

蕩起來了」，詩人別出心裁，將欺世盜名者喻為靠「華裳」裝飾自己的「衣架」，進而不動聲色將自己的思考訴諸筆端：「就怕街上的人／盡是搖搖擺擺的／衣架／沒有手足／沒有面容」（「衣架」）。和權詩歌的文化背景基本上是共通的，但具體取材豐富多彩，相映成趣。像他這樣性格的人，家庭觀念一般比較強，而且對家庭可能時常表現出無比的傾心以至依賴。藉此，他有可能在瑣碎的家庭生活中，慧眼獨具發現詩的光照。「拍照」、「樓上人語」、「飯鍋」、「鍋鏟」、「給女兒」等，就是他對家庭生活的真實錄相。這些作品，共同反映了詩人因性格緣故而形成的創作特色。與馬華詩人孟沙的創作比較，孟沙詩歌明朗率直，見詩見意，直接給人造成心靈的衝擊。和權詩歌委婉含蓄，意藏於詩，循序漸進對人的心靈產生情感影響。兩種性格的詩人所創作的兩種不同風采的作品，給人帶來不同的藝術感受。

和權詩歌寫得簡樸雅致，精短的篇幅裏常常包含雋永無窮的情致。他不但善於立意，而且善於造意，通過語言的拼接，創造出服務於情感表達的意象，在意象輝映下釀造詩意。最有個性特色的是，和權造意時能吸收古典詩歌起承轉合的技巧，在對面前物象的從實描寫中，僅一、二句就實現詩意的承轉，完成對物象的昇華和對意義的表達。這樣的詩藝，在現代詩人創作中並不多見。如果他缺乏這等詩藝，就不可能將詩歌寫得精短凝煉並且詩意盎然。「馬車上」開篇就實寫來，即父親攜帶兒子坐馬車逛城，「搖來擺去／輕聲唱歌」，充滿天趣。出於貪玩的天性，兒子幾圈兜下來後仍然「拒絕下車」。「我不禁大笑／乖乖／你也妄想／永遠坐在上面？」詩人借助言外之意，將「乖乖」與歷代

皇帝,將「馬車」與歷代皇座暗中聯接起來,詩意立即引向深入。深刻的歷史主題在詩是枯燥乏味的,但一經與面前充滿童趣的物象相遇,就在碰撞之下煥發了絢爛的形象性。我在閱讀和權詩歌時,他的這一出色表現最為我所注意。這等詩藝的獲得,離不開他對古典詩歌的潛心揣摩和對前代文學遺產的領悟,也離不開他對生活現象的沉思默想和對生活中原本蘊藏著的詩意的善於發現。短詩本來就難寫,將短詩寫到這樣的水準更屬不易,難怪和權詩歌創作屢獲好評。六十年代初期,美國有些現代詩人曾提出過「深層意象」的概念。他們以為當時美國詩歌未在具體意象上下功夫,以致鬆散,因此反對運用「客觀意象」,主張運用與下意識活動密切聯繫的「主觀意象」,這類意象來自意識深處,故而稱為「深層意象」。[3]「深層意象」的運用對加強詩歌外部篇章結構和內部情感內容的嚴謹,是行之有效的。和權投入創作,未必明確地對所謂「深層意象」作有意識運用。但他運用客觀意象時,確實注意到以主觀意識去調動和支配,從而使它們彼此間協調起來,組合為整體,既共同實現了主題的表達,又強化了詩歌的結構組織。意象是詩歌具有核心意義的組成成份,和權抓住這一要素來強化結構組織,最終保證了造意的集中。

　　應該承認,和權感知和認知世界的方式十分獨特。這是他詩歌立意不俗,造意新穎的堅固基礎。他選擇感知和認知對像時,摒開了按圖索驥,先入為主的做法,不為表達某種先有的思想而去搜尋用來表達思想的物象。他忠守自己的藝術感受,忠守自己感受到的物象,將它列為感知和認知的對象,從它身上挖掘原藏的意蘊,上升到詩歌高度。本於自然的做法,使他的詩歌多

---

[3]　袁可嘉《現代派論・英美詩論》第一五十頁,中國社會科學出版社一九八五年版。

有自然本色，極難見到人為痕跡。「明知／這一片淺灘／浪潮一上岸呀／每個腳印／都留不下來／多情的鞋／仍然堅持／深深深深的／踩下」。「多情的鞋」從人們面對大海時的普遍感受也是詩人的第一感受寫起，語言組合和詩行邁進幾乎完全以不經雕飾的形式出現，結篇四行的議論性敘寫更由此及彼將海邊踩灘提升到人生步履的高度。和權感知和認知世界，能盡力在被人們寫濫了的物象上悟出異於別人的識見。這樣，他的詩歌也就有可能常寫常新，別出蹊徑。詩歌有無新意，與詩人的思想和才識以及詩人感知和認知世界的方式密切相關，後者發揮的作用有時相當大。不妨將「熱水瓶」和「水泥‧之一」作一比較。「熱水瓶」的成功，我以為主要在於詩人能夠準確抓住對象的特徵，並且借對象的特徵象徵性地寫出人的特徵。「熱水瓶外冷內熱的特質，也是菲華詩人和權的氣質，冷靜溫文的外表蘊藏著炙熱滾燙的心。」[4]蕭蕭就是從象徵角度來分析此詩的。至於此詩在感知和認知世界的方式上，屬於詩人個人性的發現似乎並不多。「水泥‧之一」則不然，按人們通常的思維，由水泥引發的可能多是對獻身精神的禮讚，因為它是建築的必需材料。和權卻與眾不同，他由水泥想到的是對水泥喪失「泥土本色」的關心，推展開去，便是對人堅持自我本色的關心。這首詩在感知和認知世界的方式上，相當獨特。

　　向明認為，「和權的詩這些年來受到國內詩壇的重視，倒並不是因為他是一位海外華僑詩人而受到優遇，而是他的作品確實已經具備了現代詩應有的水準，有些表現甚至淩駕國內詩人之上，他是以實力攻進國內詩壇，成為中國詩人中優秀的一員」

---

[4]　蕭蕭「一顆橘子的血淚淤痕──讀和權『橘子的話』」，和權《橘子的話》。

的。[5]向明對和權詩歌所作的評價，精確而客觀。我在閱讀了和權近年來的主要作品後，產生了與向明同樣的觀點。正是基於此種觀點，筆者撰寫此文，希望能對人們批評和權的創作提供一種參照。

一九九〇年八月寫於上海

邵德懷：畢業於上海師範大學中文系。上海市普陀業餘大學中文系教授、中國當代文學學會會員。教餘並治當代文學、港台海外華文文學。

5　向明「簡潔凝煉的詩──序詩集《橘子的話》」，和權《橘子的話》（台灣林白出版社一九八六年出版）。

鄉愁，赫然在床上
──讀和權的詩集《橘子的話》

周粲

　　許多人談和權，會談到他的「橘子的話」、「蝦」、「蟹」、「大排檔」、「紹興酒」、「木偶」等這些詩。這些詩，跟菲律賓其他的詩人如雲鶴、月曲了的某一些詩，是一樣的。這裏頭有深沉的委曲，也有濃濃的鄉愁。

　　現在我不談這一類的詩。我要談的是和權另一類的詩。也就是在我看起來，非常「魔幻」的詩。以這樣的一個角度來看和權，我們也許可以說和權是「魔幻的和權」。

　　讀《橘子的話》這本由台灣林白出版社出版的詩集，魔幻的和權隨時都會出現在我們面前。

　　比方在「劍」這一首詩裏，和權說：

　　眼神如劍
　　乍然嗖的一聲
　　洞穿了胸口

　　相思
　　滴紅床褥

在「我忍不住大笑」這首詩裏，和權說：

　　假如海灣的落日
　　是我睜開的一只眼睛
　　嘩然的海浪
　　便是我忍不住的大笑

在「中秋」這首詩裏，和權說：

　　清冷的
　　月輝探入，探入
　　半掩的門窗
　　鄉愁，赫然在床上

在「一張照片」這首詩裏，和權說：

　　怔怔地
　　把臉上的皺紋
　　看成了
　　蜿蜒的江河
　　水聲冷冷
　　　朝生命的盡頭
　　　流淌而去

在「水跡」這首詩裏，和權說：

伸手一探
空間
猶有水跡

在「某夜」這首詩裏，和權說：

書案上
柔和的
燈光
悄悄釀造一面
平靜的湖
心事
沉下去，化為
一尾游魚

但是上面所引的這些詩行，都比較零碎。比較完整的，是那
首叫做「歲月」的詩：

窗
開向夜空
慘淡
的光
流瀉下來
蠕動着
爬進室內

攀上我的床

密密麻麻地

摸黑來犯

我狠狠地掙扎

逼出一聲淒屬已極

的喊叫

猛驚醒

但覺頭皮癢癢地

於是

踉踉蹌嗆

跌到鏡前

赫然

見到蠕蠕而動的

光

已化作

一根根白髮

　　我們可以看出，為了完成這首詩，和權特地設計了一處這樣的佈景：房一間、窗一扇、床一張、人一個。黑暗中，月光星光，從窗外照射進來。照射進那個人的睡房裏來。那個人本來已經睡去，經月光星光一照射，竟然醒了過來。醒了過來之後，他不是像李白那樣，疑月光為地上霜，接着「舉頭望明月，低頭思故鄉」；而是由於極度驚慌，禁不住大聲喊叫。為什麼呢？當然因為他夢見自己的頭髮變白了。但是夢畢竟是夢，夢並不等於事實。所以那個人匆匆忙忙地跑去照鏡子。他希望夢只是夢，夢不

是真。那知一照之下，夢偏偏成真：他的頭髮都變白了！一夜之間，他的頭髮變白了。一夢之後，他的頭髮變白了。黑髮與白髮之間的距離，竟然是如此之短：黑髮變白髮也竟然是如此輕而易舉的事！而這樣的事，怎不叫那個人感到「赫然」？

是什麼叫黑髮變白髮呢？是歲月吧？但是詩人偏偏不說是歲月，而把「帳」記到月光星光「身上」去。魔幻一番之後，觸目驚心的一幕，便這麼產生了。

我只是就一個小小的點來談和權的詩。要好好地談他的詩，就不只這樣短小的篇幅了。

大巧若拙的風格

——菲律賓和權詩作賞析

古遠清

　　和權，本名陳和權，原籍福建永寧，菲律賓出生。菲華現代詩研究會發起者之一。曾任辛墾文藝社社長兼主編，現任《萬象詩刊》主編。詩作入選台灣、大陸、菲華等多種詩選本，著有詩集《橘子的話》、詩評集《論析現代詩》（與林泉等合作）。曾二次獲菲律賓王國棟文藝基金會新詩獎，台灣僑聯總會華文著述獎〈新詩首獎〉等。

拍照

笑着對妻說
不必拍了
妳的底片
容不下整個的我

看到照片
我愕然：
怎麼一家
都容下了

　　詩中表現的是對妻子深摯的愛清，但全篇沒有一個「愛」字，而只是通過拍照這一過程，非常含蓄地表現了自己對妻子乃至對全家深厚的情感。

　　作者在這首詩裏，既把底片，照片當作具體可感的參照物，同時又不受它們的局限，既利用它們，又突破它們，使這些特有客體成為一種完成親情、愛情的藝術表現媒介。作者在寫作過程中，沒有受底片的限制，也不局限於寫妻子一人，而是從底片寫到照片，從妻子寫到全家，從不必拍到一定要拍，從容不下突然逆轉到全都容下，這種富於戲劇性的轉變，給讀者帶來詩意的喜悅。

　　此詩在藝術上，簡潔樸素，沒有景物描寫，只有對話、動作、表情，語言白得不能再白，淡得不能再淡，可句句散發濃郁的詩情，不愧為語近情遙的佳作。

游泳之二

四肢撥水
游行間，隱聞
池畔
有人鼓掌
有人喝采

浮沉了半生
隨波逐流
有時，仍不免懷疑

我的自由式
是否正確？

　　我們來到了游泳池。我們四肢撥水，奮力向前游動。當快要靠岸時，隱約聽到有人在池畔喊加油，有的則拚命鼓掌為之助興。在這短短的時間裏，我們有了觸覺、溫覺、聽覺的知覺過程。但這些感覺是普通人均有的，我們並沒有由此聯想到游泳以外的事清。我們只是普通的游泳者，最多只是個優秀的運動員，而不是運動員兼思想家。

　　與一般游泳運動員相反，和權對游泳感受是由表及裏，由此及彼，帶有哲理性和思想性。對詩來說，這種哲理思考照亮了他的藝術構思，使原來描寫的事件得到了昇華。具體說來，和權在游泳池裏泡了半小時，想到的是自己在人生的大海裏浮沉了大半生。這在時間上，有了巨大的擴展，在空間上，也由小小的游泳池波及整個大千世界。在動作上，則由游泳運動中的自由式聯想到哲學問題：自己是否掌握了客觀事物發展規律，由必然王國走向了自由王國？對這個問題，作者不作肯定性的回答，給我們以極大的想像空間，讓我們根據各自的生活體驗去補充。

　　由此想到，蘇東坡的一首詩：「論畫以形似，見與兒童鄰，賦詩必此詩，定知非詩人。」論畫不能求形似，寫詩同樣不能求形似。和權寫游泳詩不局限於寫游泳運動，而引發讀者去對人生作出思考，所以他是詩人，且是有深遠的思想性的詩人。

尺

忙碌間
大妹嘀咕着
她的青春
越量越短了

我想，她又胡說
這鐵尺
應是越量越準

　　抒寫青春易逝，感嘆紅顏難於永存。尺不一定是鐵做的，但它確是鐵石心腸，對誰都一視同仁，可謂是童叟無欺。人是有感清的動物，尤其是妙齡少女，誰不希望自己永保美妙之青春？可惜時間無情，這就難怪大妹抱怨青春年華越來越少了。不說「少」而說「短」，這是為了和題目「尺」相配合。青春的長短本是無法用尺丈量的，作者化虛為實，便增添了行文的情趣。尤其是「嘀咕」二字，用詞雖少，一個少女嬌嗔的情態呼之欲出。「我」不存偏見，旁觀者卻和「她」造成反差，詩思真是獨特。結尾以反駁口氣出之，「胡說」二字體現了「我」的嚴峻。其實，任何人的青春都一去不復返，我們還是不要怨天尤人，抓緊青春時機幹一番事業吧。

樹根與鮮鮑

在遙遠的非洲
他們以皮包骨的手
在沙土裏翻找
樹根

在馬尼拉
我們以銀叉銀匙
在碟子裏挑揀
鮮鮑

　　以兩幅生活素描勾勒普通的生活場景，使讀者一下進入作者所締造的藝術世界。「在遙遠的非洲……」，瘦弱的黑人「在沙土裏翻找樹根」充饑。這完全是客觀冷靜的描寫，但透過「皮包骨」三字，作者的同情憐憫之心可以看出，真正形成強烈對照並引起讀者心靈震顫的還在下一段。一個用「銀叉」外加「銀匙」，一個連普通的湯瓢都用不起，把生活狀況的巨大差別告訴了人們。雖然僅是一種生活用具的描寫，但卻顯示了作者鮮明的思想傾向。後面「沙土」與「碟子」的不同，「翻找」與「挑揀」的差別，不值錢的「樹根」與昂貴的「鮮鮑」的對照，都不只是生活水平上的差異，而是另外隱含着深一層的反思：我們的生活是否太優裕了，應為非洲同胞做些什麼？我們是否身在福中不知福，生活得過於奢侈？貧富不均的世界，是否應由我們去改

造？……正是在這平靜、冷淡的敘述後面，隱藏着詩人內心無法平靜的強烈情感。

　　此詩語言樸實無華，這並不是作者缺乏技巧，而是作者認識客觀事件明徹的反映，懇切平淡的風格，則是作者對濃烈的思想情感節制的結果。這種大巧若拙的技法，在藝術欣賞上可謂別具韻味。

詩美的洗禮

──淺釋和權的幾首詩

雲鶴

　　與和權兄相識已近一甲子，相識的媒介是「詩」，維持這多年友誼的也是「詩」；換言之，我讀和權兄的詩已五十年以上了！五十多年來，從《橘子的話》、《你是否撫觸到衣襟上被親吻的痕跡》、《落日藥丸》與我任主編的「東南亞華文文學大系菲律賓卷」之一的《和權文集》迄今，我一直是他忠實的讀者。

　　和權兄在菲華文壇，除獲「菲華兒童文學研究會童詩獎」與兩度蟬聯「王國棟文藝基金會新詩獎」外，詩名遠播跨洋過海，詩集《橘子的話》獲台灣僑聯總會華文著述「新詩」首獎、詩集《落日藥丸》獲中興文藝新詩獎章，《橘子的話》一詩獲中華人民共和國寶雞詩獎等。其他詩作多首亦選入羅馬尼亞、南斯拉夫版《中國當代詩選》及台灣《年度詩選》、《小詩精選》、《情趣小詩選》及《新詩三百首》等高品質的新詩選集中。

　　得獎多寡就能給一個詩人的優劣定位嗎？答案雖然是「未必」，但一點可以肯定是，得獎的著作或詩作肯定是傑作。菲華詩人在自我封閉之下走過好長的一段路程，就和權兄而論，他海外獲獎的著作，都是被發掘而非作者自發參賽的，例如他傳世之作〈橘子的話〉，全詩如下：

〈橘子的話〉

咱們恆是一粒粒
酸酸的橘子
分不清
生長的土地
是故鄉
還是異鄉

想到祖先
移植海外以前
原是甜蜜的
而今已然一代酸過一代

只不知
子孫們
將更酸澀
成啥味道

　　從橘子因移植而形成品種的質變，詩人以極為簡潔的詩句，
把移居海外第二、三代的華人對後裔未來將如何演變憂慮的心
情，在紙上表現。此詩發表於二十餘年前（1984），二十多年前
和權兄已預測出「一代酸過一代」的結局，雖然「酸」的並非物
質生活，但如以對祖國文化的認同與流失，那正是「一代酸過一
代」的。

　　〈落日藥丸〉乃和權詩集《落日藥丸》的主題詩，詩短僅八行，但內涵無盡大。且讀原詩：

〈落日藥丸〉

憂思天下，或許
不是癌症一般的
難以治療
只要
伸手取來落日藥丸
就着洶湧的海
暢快地
送入喉嚨

　　此詩發表於二十年前（1990），其時菲華文藝正處於軍統結束、政治環境開放，菲華文藝界開始對外作多方面的接觸與交流，而且更進一步從多方面取得借鑒而作反思的黃金時期。此時的菲華詩人，取材的嚴謹與藝術處理的更新，成為創作一首好詩必須雙修的課題。〈落日藥丸〉從「先天下之憂而後憂」的哲人思維，進而採天下之自然美景「後天下之樂而樂」，把落日作為化憂解慮的靈丹以治憂思之癌，何等淒美悲壯呀！

　　繼後十多年來，和權兄創作不輟，時有新作在菲華報章及海外刊物上發表。讀這些新作，我們感受到詩人正以更嚴肅的創作態度律己，雖然形式上未有太大幅度的變化，而仍然採取簡短音節的構成，但題材的擷取，已從單純進入繁複、從表面描繪進入

物象內裏的提煉。這十年，詩人雖未結集，但「個人詩庫」中的蓄藏量則甚豐。

2008年台灣詩人楊宗翰先生來菲服務於菲華教育崗位，工餘並搜集菲華詩人作家佳作編輯《華文風》書系。可能楊先生本人是位詩人，是以對菲華詩人有所偏愛而收較大量詩人結集入書系。去年年杪，喜聞和權兄新著《我忍不住大笑》已進行編排，將在近期出版，並承其把將收入新著中一大部份尚未公開發表的詩作與我分享，在此佳餚滿眼前詩的盛宴中，我也忍不住不自量力地要藉這支禿筆寫出我對部份佳作的讀後感。

有一點必須提起的，是和權兄與大部份同詩齡的詩人一樣，詩風已從激情世界提升至純樸無華超然物外之境。當然，有論者認為這種「思想大於詩意」的創作技法乃因詩人「意象缺乏」而成，但對此論點，我持不同的看法：我在李國春主編《本土與母土——東南亞華文詩歌研究》一書中，曾針對這現象發表自己的看法如下：「當一個詩人年紀越大，就越會失卻他的激情，這應該是大自然的定律吧。當他對意象的處理、文字的運用，逐漸從繁複而趨簡樸、詭異而趨平淡；當其詩作的內涵較前期更為深邃、表現手法更具可讀性；這種「思想」大於「情感」、「知性」取代「感性」的作品，應被視為一種進步。」在詩的表現方面，我也提出我的看法：「我給詩定下四個層次：深入淺出／深入深出／淺入深出／淺入淺出。深入淺出：有深邃的內涵，但以令人易於接受的技巧與語言寫出來，顯而不淺，這是詩的最高層次。深入深出：有深邃的內涵，但詩人採取「隱」的表現手法，雖「隔」仍不失為一首有內容有技巧的好詩。淺入深出：沒有什麼深邃的內涵，但詩人賣弄技巧，故意寫得令人感到非常深奧，

這是「偽詩」。淺入淺出：沒有內涵也沒有技巧的分行散文、口號，不是詩。」

以以上所提的觀點來欣賞和權兄的新作，我認為均屬第一層次的佳作。例如：

〈隱約的鳥聲〉

年紀愈大
鏡子裏的我
愈小
小到幾乎不見了
連鏡子
也變成
　—扇窗
窗外是藍天
白雲
巍巍的山
渺渺的海
還有
隱約的鳥聲

雖然詩的格式與詩人早期作品並無大異，但讀者能發現詩人在題材的處理、明暗喻的交相採用、已逐漸繁複，並捨棄了面的鋪陳而集中於點的發揮：以「愈大」的「年紀」，對比着「愈小」的「我」；借着「鏡子」以推開另一扇「窗」，以這扇窗景

色（山、海、白雲、青山）以喻純樸歸真融入大自然的老人心態，不落痕跡地層層掀開，甚是高明。

另一首〈權力〉是這樣寫的：

〈權力〉

不相信醇酒
令人迷亂
越喝
　越想喝

卻整天
說着醉話

這首詩的創作，和權兄已與「浮華」揮別，以淺白的句法、以詩的「思想性」取勝，酒與權力與酒'性之間相互交纏，令人「越喝越想喝」，雖不信會「令人迷亂」，一定會迷亂！一定在權力圈中「整天說着醉話」不能自拔！

我很欣賞和權兄的組詩〈星加坡四題〉中的兩首：〈摩天輪〉與〈超重—給周粲〉。

〈摩天輪〉

不知覺中運轉到
天上

才一眨眼
又降回地面

上去　上去
下來　下來
豔紅的落日
　　看多了
笑只笑
老是有人
　想
永遠坐在
上方

　　摩天輪的上下輪轉，正如俗語說的風水輪迴轉、三年河東三
年河四；無論金錢、地位、權力……正如摩天輪，有上必有下，
有盛必有衰，但世間上卻有那種「想永遠坐在上方」的「人」，
而且相信為數極多。

　　而〈超重──給周粲〉一詩，詩人採用超乎物外的手法以喻
友情之濃重，全詩如下：

〈超重──給周粲〉

把相見時的欣喜
流露的友情
以及

一夕的詩話
都用笑聲
包起來

自星返菲
過關時
櫃台小姐
卻搖首，說：
行李
超重

「友情」、「笑聲」與「重量」都是目不能睹的，詩人把這幾項借詩人獨特的想像力，把「友情」以「笑聲」包起來！並借「過關」的一幕把這「超重」的「友情」具體化！高明極了，真令人拍案嘆服。

以上拉拉雜雜地談了許多，實尚未觸及和權兄詩作之精髓，謹此寄望和權兄新作面世後，愛詩者能多多研讀，親自感受到如灌頂醍醐般真正詩美的洗禮。

2010年4月於岷

詩有真情更雋永

——淺釋和權的幾首詩

李怡樂

　　菲華詩人和權的第五本詩集,將與讀者們見面。決定此詩集的出版,雖倉卒卻不失慎重。這本詩集不僅收入了和權的大部份精心力作,還有施約翰先生以其深厚的英語修養和高超的譯詩技巧,選譯了和權的幾首好詩。

　　詩人和權的想像力極其豐富,創作取材多樣,信手拈來,一支筆、一張稿紙、一台鐘、一串風鈴⋯⋯都可以是詩人寓情之物,抒發一時的感慨。他的詩,歷來深受廣大讀者的喜愛,賞讀他的作品,領悟其中的內涵,誠然是一種享受。

　　　　鞋,已然穿洞
　　　　猶兀自
　　　　想
　　　　縱橫天下
　　　　　　　——摘自〈鞋〉

　　讀罷,令人爽心一笑。明寫「鞋」,暗喻人。如何解讀作者的含意,將因人而異。

一首詩和幾粒骰子有何關係呢？和權其實是魔術師，在他的筆下：

> 情詩是骰子
> 在妳的心中
> 滾來滾去
> 有時候
> 贏
> 有時候
> 輸
>
> ——摘自「骰子」

妙！既符合骰子的動態，又描繪出接收情詩時，「妳」的心態。簡練、恰到好處。

讀和權的詩，很輕鬆。其文字平白易懂，寓雋永於「平白」之中，正是和權作品的一大特色。

> 黑暗
> 更襯出內心
> 萬丈
> 光芒
>
> ——摘自「停電又怎樣」

停電，在電源無電的困境下，內心有萬丈光芒，環境黑暗，又奈我何！勇於面對艱苦，敢於奮鬥的精神，躍然紙上。很難掌握的深入淺出的寫法，在詩人的筆下卻應用自如。

看到照片
我愕然
怎麼一家人
都容下了
　　　　——摘自「拍照」

　　淺白的文字，在天真如童言的詞句背後，隱藏着深深情意，讓讀者慢慢去尋味。

　　類似表達親情的作品中，「印泥」，是堪稱典範的一首好詩。詩中，「我」為了「你」的名字能亮麗「在生命的白紙上」，願意把自己的「心」「血」化作印章和印泥，真情畢露，即使讀者你不是詩中的「你」，也會感覺到於字裏行間，散發出濃濃親情的溫度。

印泥

親親
既然是美麗的名字
已鐫刻在
我堅硬的
心石上
總不能有印
無泥吧

若是你喜歡
我就用我溫暖的血

做你的印泥
讓你
在生命的白紙上
蓋出
亮麗的
自己

　　詩人和權的感情相當豐富，對人生的苦難，對現實社會的不平，他一如既往深切關注。

憂思天下，或許
不是癌症一般的
難以治療
只要
伸手取來落日藥丸
就着洶湧的海
暢快地
送下喉嚨
　　　　──摘自「落日藥丸」

　　此詩有峰迴路轉之趣。起首，「憂思天下」這種病，似乎有救。只要下重藥，把落日當藥丸吞下──何等宏偉的氣魄！細想之下，詩人與現實社會有着千絲萬縷的聯繫，是個有血有肉的人，並非不食人間煙火的神仙。他得「憂思天下」之病是必然的，也必定無藥可救。「樹根與鮮鮑」「老丐」「大地震」等類型的作品，就是詩人「憂思天下」的具體表現。

　　詩人在捕捉瞬間掠過的靈感時，出現少數只宜意會，不易言傳的作品。例如：

叮叮噹
　　——讀「風鈴偈」有感

横逆
都不放在心上
風鈴
其心就是空
但全身是
口
懸於飛簷之下
對春風秋風
說彌陀
對疾風談
畢竟空法
度一切苦厄
叮叮
噹噹
叮叮噹

　　要欣賞此詩，你要應用視覺觀看——「風鈴」「懸於飛簷之下」；觸覺感受——「春風秋風」「疾風」；聽覺聆聽——「叮叮噹」，還得開啟你的智慧，理解「風鈴」對不同的「風」以不同的回應。其情景美、樂音美構成這首詩一種奇異美。或許，你

可以學習「風鈴」，作為你的處世之道──「橫逆都不放在心上」，自問做得到嗎？

「鐘」也是一首不易言傳的作品，有人說：「百思不得其解」。張默說：「一首小詩它不必背負太多的真理，祇要能在作者的靈光一閃中，給出一個燦爛而又鮮明的意象，使讀詩的人感動，即為上乘之作。」（談和權的〈拍照〉）

> 一鎚下去
> 將時間擊成粉末
>
> 狂笑而去
> 脊影
> 斜斜指向夜空
> 　　　　──摘自「鐘」

憑着詩人給出的「鮮明的意象」，讀者可「再創作」，產生賞詩「意會」之樂趣。

請把「鐘」視為一個點，受撞擊爆開成億萬粒粉末。把爆開聲想像成「狂笑」，每粒粉末都帶着笑聲，飛奔向夜空之深處。此般意象與宇宙起源的大爆炸，何其相似！此詩前後兩段是個整體，其立體意象之美，只可意會。

詩人和權創作了大量的短詩，文字準確、精煉；動與靜的對比，虛與實的意象處理得天衣無縫；意在言外，令人尋味。如「橘子的話」、「蝦」、「蟹」、「紹興酒」等等，早已膾炙人口，有仿製品不足為奇。

　　無論古詩、現代詩，筆者偏愛詠物詩。詩人和權的詠物詩，幾乎都是很優秀的示範。在靜室中，泡一壺上等的香片，細細賞析和權的詩，時而感嘆，時而驚喜，偶而醒悟，拍案叫絕，無疑的是非常愜意！

二〇〇九年九月於菲律賓

技巧各異詩趣共賞

李怡樂

詩壇上，有人曇花一現，有人老當益壯。

菲華著名詩人和權，無疑是個創作力非常旺盛的多產詩人。新年伊始，和權就已有數十首技巧各異，構思奇特的新作品，詩的質與量都突飛猛進。

和權的新作，仍然保持着原有的深入淺出、耐人尋味的風格。下面，讓我們來共同賞析和權最近創作的幾首佳作。

一

「詩」
一首詩
一塊晶瑩的冰

融化之後
你，是否聽見了
解凍的
那一聲
　歎息

這裏，作者要表達的是，對詩創作過程的感慨。

從事詩創作的人都知道，有意欲表達的意象（靈光一現）是一回事，要如何顯現意象，又是另一回事。其表達方式、技巧、遣詞用字……等等都需好好考慮細細推敲。

此詩開頭，「一首詩／一塊晶瑩的／冰」。「冰」，比喻「詩」。「冰」是透明的，冰冷的──即還沒有「文字」，還沒有「情感」。在創作過程中，通過準確的文字，灌注了作者的情感，升溫了。

「融化」「解凍」，是昇華的過程。

當固體的「冰」昇華之時，即是一首詩完成之刻。「歎息」是深沉的！對創作一首好詩，克服了種種艱難之後的感歎。其次，被詩情所感動，禁不住歎息。詩，必須先能感動自己，才能感動讀者，這是千真萬確的道理。

創作「詩」，和權準確地選用「冰」融化、解凍至昇華的過程，把一首詩的創作過程，形象化。由此可見，作者對日常事物的觀察是細緻的，聯想力是豐富的，其文字功底是紮實的。沒有經過嘔心瀝血創作的人，不容易理解這首詩，儘管每個字都淺白易懂。

二

常言道：「機會是給有準備的人」。

同理，當「意象」從腦際掠過，「有準備的」詩人才能及時捕捉，且進行創作。

有個常見的情景：

　　晴天，一群小鳥唱着歌，飛落地面尋食，它們歡快地追逐、嬉戲着。然後，飛上樹梢，互相招呼着飛離遠去。

　　在公園、市郊……這樣的景象屢見不鮮。但通過詩人和權的「慧眼」，創作出「即景」詩如下：

　　　啁啾啁啾
　　　金色的
　　　鳥聲
　　撒得滿地皆是
　　芒果樹彎腰
　　　撿了起來
　　笑着
　　　　笑着
　　　　　　擲
　　　　　回
　　　　晴
　　　空

　　此詩，作者不直接描繪小鳥的天真可愛，而是以鳥聲構成一幅活潑的動畫。那些從天而降尋覓食物的小鳥，及其清脆悅耳的鳥聲，在詩人的眼中，化成陽光下金光閃動的亮點，寫下「金色的／鳥聲／撒得滿地皆是」，描繪得有聲有色。讓此詩一開頭就充滿詩情畫意。

　　接着，作者以擬人手法，「芒果樹彎腰」把鳥聲「撿了起來」。這是小鳥們飛上芒果樹，逆向思維產生的詩句。然後，小

鳥們自樹枝上飛離一幕，作者以樹枝彎曲必有反彈之力，順理成章地把鳥聲「擲回晴空」。

「笑着／笑着」，是小鳥們停落於枝頭，樹枝帶着鳥聲上下彈動之狀。

「擲回」，說明此詩起着「喞啾」的鳥聲是從天空撒落，現芒果樹把它們「擲回」。

「晴空」，點明此詩描述的畫面背景，萬里無雲，風和日麗。

「即景」一詩，邏輯性強，技巧多樣，幾個動詞的運用，非常準確，展現給讀者，是人們嚮往的幽雅的自然生態，讀後使人感覺輕鬆，好詩的魅力就在於此。

三

創作詩，比喻的運作非常廣泛且至關重要。蹩腳的比喻，會讓讀者有咬到臭花生的感覺；與詩的主題脫節的比喻，突然冒出來的奇詞怪句，令讀者莫名其妙，無法接受，只能望詩興歎。比喻必須符合情理，讀者才能理解。比喻越新鮮，越具獨創性，越能使讀者動情——「讀你千遍不厭倦」。

> 青春是
> 色彩繽紛的
> 馬車
> 飛快地
> 奔馳
> 　　　　——摘自「青春」

　　「青春」是抽象名詞（虛），作者以（馬車）實喻虛。用「色彩繽紛」，「飛快地／奔馳」來修飾「馬車」，正符合青春的時光是短暫而且豐富多彩。一語雙關，幾行短句，「青春」，既形象又充滿色彩動感。這就是準確運用比喻的效果。

　　請看「Cookie」，另有一種詩趣：

　　　尾巴搖個不停
　　　可愛的小狗Cookie
　　　又跳上身來
　　　聞聞臉
　　　舐舐手

　　　餵了狗食之後
　　　它，一溜煙
　　　跑掉了
　　　任你叫
　　　也叫不來

　　　跨出家門
　　　我每天都看見
　　　許多
　　　Cookie

　　此詩所描述的情形，豢養寵物狗的人很熟悉。小狗的可愛之處，在於它懂得討主人的歡心，求取食物。之後，「任你叫／也

叫不來」。表現小狗愛玩不貪吃。但作者要表達的，顯然意在言外。這層意思，詩中不挑明，留給讀者自己聯想——「跨出家門／我每天都看見／許多／Cookie」。

　　這首詩的開頭，「Cookie」是小狗的名字，而詩發展至結尾，「Cookie」已成上述行為的代名詞。這種行為，在沒有心機的小動物身上，是很可愛的表現。但在人的身上，則是不可取的卑鄙。作者以「小狗」的行為，暗喻「小人」過河拆橋的行徑。憑着豐富的生活經驗，作者運用明寫暗喻的技巧，深入淺出，把詩意從家中拓展向社會層面，提升了詩的境界。

　　這樣讀者既容易理解，又能享受讀詩的樂趣。欣賞詩，讀者要設身處地，把思想感情投入詩中，俾使領悟真意。

　　再看「念」，詩人運用的是另一種技巧。

　　　微醺時
　　　緊抓住一縷
　　　酒香
　　　往上飄飛
　　　或許
　　　在暮色的雲端
　　　見到
　　　父
　　　親

　　手能抓住「酒香」嗎？答案是肯定的。在詩的王國裏，「酒香」可以是接引天使的手，也可以是父親扔下的雲梯⋯⋯作者不

寫出一個明確的比喻，正符合「微醺」的狀況。只要能飛上天，與父親見面，不計較抓住的是什麼。

　　「父親」，在作者心中的地位是崇高的，即使逝世多年，仍然難以忘懷。終於在「微醺時」朦朦朧朧「看到／父親」在那「暮色的雲端」——夕陽西下，晚霞滿天，「無限好」的背景。

　　沒有沉重哀傷的情調，此詩表達的是向上敬仰的思念。情真意美，像一幅色調柔和的水彩畫，給人悅目、平靜和輕鬆的感覺。

四

　　和權詩中的比喻，大多取材於眼前生活中的事物，這樣讀者容易理解。但要做到淺中見深，含蓄不露卻不是件容易的事。和權「紅紅的花」一上網，立即受到多人的推薦。原詩如下：

　　　庭園裏
　　　綻放朵朵
　　　紅紅的
　　　花
　　　幽僻的巷尾
　　　熱鬧的街頭
　　　靜穆的教堂
　　　砲聲隆隆的
　　　戰場
　　　也綻放朵朵

紅紅的
花

紅花
於眉間綻放
於胸前綻放
啊──
　　槍口冒煙時
你可以看到
一朵朵嬌美鮮豔的
紅
花

　　紅花，中國傳統喜慶的象徵。在上世紀五十、六十年代國內很流行，在勞動模範、戰鬥英雄胸前掛朵紅花，以示表揚。詩人在「紅紅的花」裏，鋪排出幾個情景：「庭園裏」、「巷尾」、「街頭」、「教堂」以及「戰場」。組合成一個境界，讓讀者領悟其深層含意。

　　此詩第一段落的「紅花」是實體，第二段落的「紅花」是比喻，比喻那些從「眉間」「胸前」綻放出來的。在詩人的眼裏都是「紅花」，那些在戰場上犧牲的戰士都值得佩戴「紅花」──為自己的信仰、為祖國捐軀的精神。所以，詩人形容那些「紅花」，是「一朵朵嬌美鮮豔的」。

　　此詩第二段「紅花」喻旨，作者沒有寫出來，就是要留下寬闊的空間給讀者去思考。這段沒有殘酷的血腥的文字，即是作者的高明之處和御駕文字的功力。

　　綜上所述，只是抽樣試析和權的新作。着重介紹和權詩作中的多種不同的比喻技巧。當然，在和權數十首的新作中，還有許多寫詩技巧和寶貴的創作經驗，讓我們拭目以待他的第六本詩集的出版。

二○一○年四月

讀和權詩集《我忍不住大笑》

施文志

　　菲華詩人和權的第四本詩集《我忍不住大笑》由台灣秀威資訊科技股份有限公司出版，《菲律賓‧華文風》叢書之十。全書分為七輯，特別是第七輯，收錄二十八首未發表的新詩作。詩人選擇〈我忍不住大笑〉這首詩作為詩集的書名，當然有詩人的意義，讀者是很容易解讀。〈我忍不往大笑〉：

落日
對著
一大群人圍觀的講台

講台上捏拳的演說者
說得連公園裏的椰樹
　　　都不停點頭

假如海灣的落日
是我睜開的一隻眼睛
嘩然的海浪
便是我忍不住的大笑

　　台灣詩人羅門在〈談和權〉裏說：「他的詩，由於始終同真實的生活感受、同人性與人道精神，一直有著深切的關係，且具批判性，故在以詩做為傳真人類內在生命真實存在與活動的最佳導體，這方面，他是相當強調與堅持的。」

　　詩人和權在〈自序〉中說：「如果說，我詩中有什麼「主調」的話，那麼，它應是對苦難人生的悲憫、對貧富對立的厭煩、對親人的愛戀，以及對戰爭的憎惡惱恨。」

　　〈魚〉

　　魚在釣勾上
　　掙扎
　　魚在鍋子裏
　　劇烈地掙扎
　　我彷彿看見
　　牠在
　　哭喊

　　至今
　　仍在哭喊
　　究竟是
　　魚
　　還是我？

　　詩作呈現了詩人對苦難人生的悲憫。還有詩作印證了詩人詩中的「主調」。對貧富對立的厭煩的〈老丐〉：

清晨
遠天冷冷地
翻着白眼

蹲在牆腳下
無人理睬的狗尾草
葉上瑩瑩的露珠
凝聚着
昨夜的冷冽

〈給女兒〉

贈你，一座鋼琴
要你明白
每一光潔的琴鍵
無不是美好的日子
要你勤習樂理
分清黑白
要你諳練、靜修
起落有序地
在長長的鍵盤上
輕、重、徐、疾
鍵鍵鏗鏘
彈奏和諧樂音

　　詩人對親人的愛戀的詩很多，寫給女兒的〈彩筆與詩集〉、〈我的女兒〉、〈微笑〉，獻給母親的〈防波堤〉、〈甘蔗〉，寫給妻子的〈除夕‧煙花〉、〈臉紅〉等詩。

　　〈**和平的步履**〉

　　　時近時遠
　　　炮彈的呼嘯
　　　未曾停止

　　　而和平呢？
　　　啊只有
　　　在一片血跡中
　　　你才能看見
　　　和平
　　　蹣跚的
　　　步履

　　詩人的詩對戰爭的憎惡惱恨，但是對人世間還是充滿〈溫馨〉：

　　　金色黃昏裏
　　　西沉的落日
　　　希望天地線繫住
　　　滿懷
　　　溫馨

長跑詩人

蕉椰

拜讀菲華名詩人和權最新出版的現代詩集《我忍不住大笑》，深感是一本質和量兼備的菲華重要個人詩選。

詩人和權外表靜默內斂，但內心激情如火，顯現於其詩中，則極富現實表現意識，他的詩許多都是借物傳意，不用直白的語言來批判社會陋習與亂象。

同時，他也是一位創作不輟的長跑詩人，只要留意一下他今年的一組新作，完全可以印證他寶刀猶鋒、劍芒耀眼。請讀〈砲彈與嘴巴〉：「砲彈／至今仍在天空中／呼嘯／它發自／百萬張／千萬張／高喊正義的／嘴巴」。

〈十二行〉：「笑出滿口的白牙／梳出一頭濃密的／烏黑的／髮／／髮／除下之後／牙／除下之後／鏡子裏／赫然一個／無髮／無齒的／人」。

我喜歡詩寫現實，這樣子的詩比較貼近時代、貼近生活，便於讀者感同身受；減少對現代詩的反感，認為詩人活在象牙塔裏，寫的詩、用的語言是脫離現實的。

雖然詩是不折不扣的小眾化藝術，這才顯示出詩的高貴、高雅，不是隨便、隨手寫幾行就算是詩。如果這般容易，詩也就不成其為詩了。

　　在當下、在商業環境，寫詩必須追求詩意和建立與讀者互動，即要寫讀者能撼動靈思、有感覺的內容。

　　我倡導「閃小詩」，既然讀者讀一首中、長詩只能記住最精華的幾句，何不就點到即止地寫好那幾句呢？

談「橘子的話」

和權　輯

　　「橘子的話」（「桔仔的話」）一詩寫於一九八四年，發表於台灣聯合報「聯副」、《葡萄園》詩刊，及菲華「耕園」。刊出後，曾引起注意。此詩曾獲獎，也入選多種重要詩選本。多年來，此詩常被人提起或討論，曾被引為教材（選入台灣《新詩三百首》，課堂上採為教材），翻譯成多國文字，甚至有人抄襲「橘子的話」，公開發表於詩刊。

　　「橘子的話」原詩如下：

　　　咱們恆是一粒粒
　　　酸酸的橘子
　　　分不清
　　　生長的土地
　　　是故鄉還是異鄉

　　　想到祖先
　　　移植海外以前
　　　原是甜蜜的
　　　而今已然一代酸過一代

只不知
子孫們
將更酸澀
成啥味道

　　有多位詩家或名家曾評論過《橘子的話》。茲彙集於下，以
饗讀者：

一、李元洛──「橘子」在詩中是海外華僑的象徵。現在的「酸
　　酸的」，過去的「甜蜜的」，將來的「更酸澀」，在三節詩
　　中，三個時空不同內涵有異的橘子的意象疊合在一起，焦點
　　集中，構思頗具匠心，筆力也相當概括。

二、李元洛──「橘子的話」一詩，暗含中國傳統文化中橘逾淮
　　為枳這一典故，但卻由此出發而作了典故的重鑄與翻新，時
　　間由古代而現代，空間由中國而海外，原有的典故只是一個
　　比喻，現在的重鑄翻新卻是一代海外華人的整體象徵。

三、劉華──這首詩通過「橘子」之口抒發濃郁的鄉愁，也通過
　　「現在」與「祖先」的比較，將海外華人創業、生活的艱
　　辛、困苦及其種種遭遇都用「酸酸的」一詞概括了下來，同
　　時將那種飄零墜落感，撫今追昔感深層延伸下去，成為對子
　　孫後代未來的憂患感。這樣，詩人將自己的個人體驗同大多
　　數海外華人的體驗融會在了一起，從而使表達的詩歌感情具
　　有了普遍意義。

四、王常新──「橘子的話」三節詩，分寫不同的時間中華僑
　　的命運：首節說的是現在時，寫華僑已經成了「酸酸的橘
　　仔」，分不清自己生存的空間「是故鄉／還是異鄉」，這真

是大悲哀，因為這就是「數典忘祖」了。為了給讀者以更大的震撼，第二節詩詩人便將令人嚮往的過去時提出與現在時進行對比：祖先們「移植海外以前／原是甜蜜的／而今已然一代酸過一代」。這真是觸目驚心！然而更可怕的是，詩人末節唱出：「只不知／子孫們／將更酸澀／成啥味道」。這未來時的「將更酸澀」，使我們想到「一代不如一代」。詩人發現了這一點，使我們看到他的胸懷中並不只是盛著一己或家庭。而是貯滿著對於全體居菲華僑的關愛。

五、王常新──讀這首詩，我們很容易聯想到屈原的「橘頌」。不同的是，屈原歌頌的是橘子那「受命不遷，生南國兮。深固難徙，更壹志兮」。讚美它花葉美麗、果實甜蜜。而和權吟唱的是原來甜蜜的橘子移植海外以後，變得「酸酸的」，而且今後「將更酸澀」，從而流露出思鄉之情和對於子孫後代「錯把他鄉當故鄉的隱憂」。

六、蕭蕭──字面的意義，類似於橘踰淮為枳的故事，實際上蘊含著菲籍華人的共同酸澀。和權大約是第二代的華裔，在被承認與不被承認的未定地位間曾經有過內心爭戰的痛楚，也有著現實的內外搏鬥的怨傷，橘子由甜而酸的品種變革，是因為外在水土的不合，也是因為內在心裏的憂急，一代酸過一代的預測，又是多麼的無奈！

七、蕭蕭──橘子如何才能由酸澀的味道再回復原來的甘甜多汁呢？如果不能回到原來的土地、空氣、陽光、水，如果沒有與故鄉相類的這一切環境，如果沒有悠閒如歸的心情，橘子必定會一代酸過一代的，踰過山嶺與海洋，橘，還能是中土的橘嗎？剝開的橘子，好像呈現出流落他鄉的異客，心中斑

斑的血淚，那酸澀的汁液，那理不清的纖維，甚至於那多疙瘩的皮層，好像都縮寫著移植的哀愁。和權，一株回不去的橘子樹。一株回不去的橘子樹，有著太多的血淚淤痕。

八、向明——《橘子的話》這首詩結構簡單，引喻明曉，文字淺白，卻道出了海外華人普遍的心聲。他們一方面自傷自憐生長地是「故鄉／還是異鄉」的尷尬，卻又為下一代華人的「酸澀」變質而憂心。這種無奈無力的精神飲泣，汲汲欲求的尋根心態，應該打動每一位中國人的心。

九、陳賢茂——《橘子的話》所揭示的是頗具歷史文化內涵的憂患意識到。僅從字面上看，該詩就包含了一種富於傳統文化色彩的「橘，逾淮為枳」的典故。作者在它的昔甜今酸的變異現象的描寫中也包含著這樣一種詰問：「如果不能回到原來的土地、空氣陽光、水，如果沒有與故鄉相類的這一切環境，如果沒有悠閒如歸的心情，橘子必定會一代酸過一代的，逾過山嶺與海洋，橘，還能是中土的橘嗎？」答案無疑是否定的，而且，還遠不止於此。詩人所深深以為擔憂的更在於那些血緣關係越來越淡薄的後代子孫們「將更酸澀／成啥味道」？這則是我們那個古老的典故所無法解釋和回答的。

十、陳賢茂——《橘子的話》還蘊含著更為深層的內涵，那就是對未來的海外炎黃子孫們，由於血緣、地理和生活環境種種因素所可能導致的對中華文化日漸陌生的趨向的深深憂戚。這樣，作者就把原來典故的意義推展翻轉到一個新的層次，而他以此所寄託和象徵的，則是海外華人所特有的「文化鄉愁」。

十一、張默——《桔仔的話》，曾收入爾雅版向陽主編的
　　　「七十五年詩選」一書。本詩結構單純，引喻明確，文字
　　　淺顯，但是卻道出了海外華僑共同普遍的心聲。他們自喻
　　　是一粒粒酸澀的桔仔，可見在海外創業的艱苦，一方面有
　　　自哀自憐「是故鄉，還是異鄉」情結的難解，同時又要為
　　　下一代華人的變質（酸澀）而憂心如焚。而這種進退維谷
　　　無助與無奈的精神傷痛，必然還要繼續延伸下去。本詩
　　　語淺而情深，充分展現作者有強烈尋根的歷史感，值得
　　　玩味。

十二、潘亞暾——和權的詩中沒有激動雀躍的情調，倒是頗
　　　有深沉抑鬱的佳章。這大概是菲華社會生活的心境反映
　　　吧。《橘子的話》貼切地表現了詩人及其同輩人的心境。
　　　詩的首段表現遠托異國的蒼茫之感。中段表現了倫理框架
　　　一代代改形換狀的心底意識。尾段是詩人的隱憂，沉鬱的
　　　心情。

十三、汪義生——「橘子的話」這首詩，篇幅簡短，語言平白如
　　　話，卻異常深刻地表現了詩人——作為第二代菲籍華人在
　　　文化認同方面的困惑和無奈。橘生淮北為橘，逾淮則為
　　　枳，這一典故使橘不僅僅是一種水果，而且承載了一種濃
　　　郁的文化色彩。身為背井離鄉闖蕩呂宋的菲律賓華人，就
　　　像是一株移植海外的橘樹，由於土壤、氣候、水質大異，
　　　樹上所生的果子不再像故鄉橘子那麼純正。想到後代子
　　　孫，詩人心頭泛起深沉的憂患意識：真不知，那些對唐山
　　　認知和情感越來越膚淺、淡漠的後代，就像那些移植來的
　　　橘，長此以往，「將更酸澀／成啥味道？」

十四、柳易冰——台灣林白版精美的《橘子的話》，一看封面就賞心悅目，顯著三行詩叫人讀之顫慄：「移植海外以前／原是甜蜜的／而今已然一代酸過一代」，作者是和權，早已久仰。讀過他玲瓏的詠物詩，你眼前會浮現出一株瘦瘦的憂慮的橘樹，迎風瑟瑟裏你會感受到他的悲哀是深刻的，不無道理的，是菲華為艱苦處境裏對下一代變酸的悲哀，是身處異域的華人對母國傳統苦苦留戀的心態。

十五、吳新宇——「酸酸的橘仔／分不清／生長的土地／是故鄉／還是異鄉」，戰爭化故鄉為異土，變果園為廢墟，獨在異鄉為異客，家在何方，「相逢的地方／就是家了」，此一奇語，真是劈空而撰，今天仍流離失所者同聲痛罵！

十六、戴冠青——漂泊海外的華人在異域篳路藍縷，苦苦拚搏，然而水天兩隔，家山難望，這種離散心境便成為許多菲華詩歌的獨特情感訴求。如雲鶴的《野生植物》：「有葉／卻沒有莖／有莖／卻沒有根／有根／卻沒有泥土／那是一種野生植物／名字叫／華僑」，和權的《橘子的話》：「咱們恆是一粒粒／酸酸的橘子／分不清／生長的土地／是故鄉／還是異鄉／想到祖先／移植海外以前／原是甜蜜的／而今已然一代酸過一代／只不知／子孫們／將更酸澀／成啥味道」。這兩首詩中的「野生植物」和「橘子」的意象形象地傳達了詩人對漂泊海外的華人「有根卻沒有土」的痛心和那種「生長的土地是故鄉還是異鄉」的「酸澀味道」以及那百結千纏萬般無奈的鄉思鄉戀，深沉地透露出他們融血化骨的鄉愁意識。

十七、李怡樂——詩人借「物」自我剖示的心聲，總是那麼誠

摯，那麼深沉：「咱們恆是一粒粒／酸酸的橘子」，詩人
選擇「橘子」作為表達深刻、寓意的題材。與老王賣瓜截
然不同的態度，「橘子」一開口說話便直抒「酸」情：
「分不清／生長的土地／是故鄉／還是異鄉」，的確夠
「酸」。橘子說自己是「酸酸的」，「酸」之一，是傷痛
心酸。其二，即肩痛腰痠。一語內外雙關，非細品不得其
真意。「橘子」又說：「想到祖先／移植海外以前／原是
甜蜜的／而今已然一代酸過一代」，話中有話，「甜蜜
的」是指移植前，整個家族聚集的甜蜜，同時也是指橘子
的品質。亦虛亦實，又是一語雙關──亦物亦人。然而，
「橘子」最擔心的是橘化為枳的問題，也即是詩人借「橘
子」表現的，具有普遍社會意義、令人深思的主題。「只
不知／子孫們／將更酸澀／成啥味道」，由於有此遠慮，
「橘子」很注重對子女的培養。例如，贈「給女兒」一座
鋼琴，要她學會明瞭事理，分清是非黑白。為了讓下一代
能「甜蜜」些，視小女兒是自己的「詩集」，願作小女兒
書包裏的「一盒彩筆」……上述種種對子女關懷、愛護之
情，現露了「橘子」酸中有甜，而這「甜」，不容置疑是
承受自「祖先」的遺傳，尚存於體內的品質。

十八、雲鶴──和權兒在菲華文壇，除獲「菲華兒童文學研究會
　　　童詩獎」與兩度蟬聯「王國棟文藝基金會新詩獎」外，詩
　　　名遠播跨洋過海，詩集《橘子的話》獲台灣僑聯總會華文
　　　著述「新詩」首獎，詩集《落日藥丸》獲中興文藝新詩獎
　　　章。《橘子的話》獲中華人民共和國寶雞詩獎等。其他詩
　　　作多首亦選入羅馬尼亞、南斯拉夫版《中國當代詩選》及

《台灣年度詩選》、《小詩選讀》、《情趣小詩選》及
《新詩三百首》等高品質的新詩選集中。得獎多寡就能給
一個詩人的優劣定位嗎？答案雖然是「未必」，但一點
可以肯定是，得獎的著作或詩作肯定是傑作。菲華詩人
在自我封閉之下走過好長的一段路程，就和權兄而論，
他海外獲獎的著作，都是被發掘而非作者自發參賽的，
例如他傳世之作「橘子的話」，全詩如下：「咱們恆是一
粒粒／酸酸的橘子／分不清／生長的土地／是故鄉／還
是異鄉／想到祖先／移植海外以前／原是甜蜜的／而今已
然一代酸過一代／只不知／孫子們／將更酸澀／成啥味
道」，從橘子因移植而形成品種的質變，詩人以極為簡潔
的詩句，把移居海外第二、三代的華人對後裔未來將如
何演變憂慮的心情，在紙上表現。此詩發表於二十餘年前
（一九八四），二十多年前和權兄已預測出「一代酸過一
代」的結局，雖然「酸」的並非物質生活，但如以對祖國
文化的認同與流失，那正是「一代酸過一代」的。

十九、《橘子的話》獲台灣華僑救國聯合總會華文著述獎「新詩
首獎」。評語：寫出華僑的心聲及對祖國與先人的懷戀，
清新簡潔感人至深。

二十、《橘子的話》獲台灣僑務委員會獎狀。評語：華僑作家陳
和權先生文采斐然，所作詩集反映時事對宣揚中華文化促
進中菲文化交流貢獻良多。

〈熱水瓶〉

和權

站在這裡，遲遲
不讓胸中的炙熱
變冷
你確實看不見我的滾燙，除非
拔開瓶蓋
讓我的熱情騰騰上升
倒出
透明的愛
坦然無隱地
注你們以滿杯的溫暖

一九八五年，台灣《藍星》第五號

本詩作〈熱水瓶〉收入南一書局出版之中學國文輔助教材《基測綜合題本》。

THERMOS

Original by Ho Ch'uan

Translated by John Sy

Standing right here am I, keeping
the inferno within the chest from
turning cold.
You really cannot see my fervor, unless
you' d unplug the cork
and allow my zest to soar high
exuding
transparent love
at ease in the open
and pour you a full cup of warmth.

詩人讀詩人

　　大著《我忍不住大笑》一口氣讀完，其中有不少好詩，耐人咀嚼。對你的詩藝，又有新的體會。你的短詩，是華文詩壇一絕。

——台灣名詩人瘂弦

　　在菲華詩人中，您的短詩最耐讀，特別是其意象處理方面，常出人意表，間含禪味，頗堪咀嚼。讀時宜慢，否則很容易滑過去。

——香港名詩人王偉明

　　正如我所說，你的確是個寫小詩的聖手，時常當靈感一來，就有奇思妙想。

——新加坡名詩人周粲

作者寫作年表

姓名：陳和權

筆名：和權、禾木

籍貫：福建永寧

出生年月：一九四四年十一月。（小學畢業於曙光學校。漢文畢
　　　　　業於中正學院。）

寫作年表：

六十年代　　加入辛墾文藝社。努力於寫作及推動菲華詩運。

一九八〇年　詩作入選《中國情詩選》，常恩主編，青山出版社
　　　　　　印行。

一九八五年　與林泉、月曲了、謝馨、吳天霽、珮瓊、陳默、蔡
　　　　　　銘、白凌、王勇創立「千島詩社」。與林泉、月曲
　　　　　　了掌編「千島詩刊」第一期至廿六期（共編二年
　　　　　　半。不設「社長」位。和權負責組稿、審稿、撰寫
　　　　　　「詩訊」、校對，以及對台、港、中、星、馬、
　　　　　　美、加等地之詩刊的交流）。

一九八六年　擔任辛墾文藝社社長兼主編。

一九八六年　榮獲菲律賓王國棟文藝基金會「新詩獎」。評審委
　　　　　　員：向明、辛鬱、趙天儀。

一九八六年　出版詩集《橘子的話》，非馬、向明、蕭蕭作序，
　　　　　　台灣林白出版社刊行。

一九八六年　為菲華詩選《玫瑰與坦克》組稿，並撰「菲華詩壇
　　　　　　現況」。張香華主編，林白出版社刊行。

一九八六年　詩作《桔仔的話》，收入台灣爾雅版向陽主編的
　　　　　　《七十五年詩選》一書。張默評語：結構單純，引
　　　　　　喻明確，文字淺顯，但是卻道出了海外華僑共同普
　　　　　　遍的心聲。

一九八六年　應邀擔任學群青年詩文獎評審委員。

一九八七年　英文版《亞洲週刊》（ASIA WEEK），介紹和權
　　　　　　的「橘子的話」，並附和權照片。

一九八七年　加入台灣「創世紀詩社」。

一九八七年　脫離「千島詩社」。與林泉、一樂等創立「菲華現代詩
　　　　　　研究會」。主編研究會《萬象詩刊》廿年（每月借聯合
　　　　　　日報刊出整版詩創作、詩評論等。期間從不停刊）。

一九八七年　《橘子的話》詩集榮獲台灣華僑救國聯合總會華文
　　　　　　著述獎「新詩首獎」，除頒獎章獎金外，並頒獎
　　　　　　狀。評語：寫出華僑的心聲及對祖國與先人的懷
　　　　　　念，清新簡潔感人至深。

一九八七年　詩作「拍照」收入《小詩選讀》，張默編，台灣
　　　　　　爾雅出版社出版。張默說：「和權善於經營小詩。
　　　　　　『拍照』一詩語句短小而厚實，敘事清晰而俐落……
　　　　　　其中滿佈以退為進，亦虛亦實，似真似假的情境
　　　　　　……有人以『自然美、純淨美、精短美、親切美、
　　　　　　暢曉美』（姚學禮語）來稱許他，亦頗貼切。」

一九八七年　台灣「時報週刊」七六九期，刊出和權撰寫的「獨
　　　　　　行的旅人」（作家談自己的書，我寫《你是否撫觸

到衣襟上被親吻的痕跡》），並附和權照片。

一九八八年　與林泉、李怡樂（一樂）合著詩評集《論析現代詩》，香港銀河出版社刊行。同時編選《萬象詩選》。

一九八九年　二度蟬聯菲律賓王國棟文藝基金會「新詩獎」。評審委員：蓉子等。

一九八九年　獲菲華兒童文學研究會、林謝淑英文藝基金會童詩獎。

一九九〇年　大陸知名詩人柳易冰主編的詩選集《鄉愁——台灣與海外華人抒情詩選》（河北人民出版社），收入和權的詩「紹興酒」，又在大陸著名的《詩歌報》他所主持的欄目「詩帆高掛——海外華人抒情詩選萃」中介紹和權的生平與作品。

一九九一年　詩集《你是否撫觸到衣襟上被親吻的痕跡》出版，羅門作序，華曄出版社。

一九九一年　榮獲台灣僑務委員會獎狀。評語：「華僑作家陳和權先生文采斐然，所作詩集反映時事對宣揚中華文化促進中菲文化交流貢獻良多特頒此狀以資表揚。」並頒獎金。

一九九一年　詩評論「迷人的光輝」及「試論羅門的週末旅途事件」二篇，收入《門羅天下》（當代名家論羅門）一書，文史哲出版社。

一九九一年　小品文「羅敏哥哥」，收入台灣中國時報「人間副刊」溫馨專欄精選暢銷書《愛的小故事》，焦桐主編，時報文化出版社。

一九九一年　獲中國全國新詩大賽「寶雞詩獎」。

一九九二年　詩集《落日藥丸》出版，菲律賓現代詩研究會出版
　　　　　　發行，列入「萬象叢書之四」。

一九九二年　大陸著名詩評家李元洛評論文章「千島之國的桔香
　　　　　　——菲華詩人和權作品欣賞」，收入李元洛著作
　　　　　　《寫給繆斯的情書》，北岳文藝社出版發行。

一九九二年　詩作「落日藥丸」，選入香港《奇詩怪傳》，張詩
　　　　　　劍主編，香港文學報社出版。

一九九二年　《落日藥丸》詩集，榮獲台灣「中興文藝獎」，除
　　　　　　頒第十六屆中興文藝獎章（新詩獎）壹枚外，並頒
　　　　　　獎金。

一九九三年　台灣文藝之窗「詩的小語」（張香華主持）於七月
　　　　　　四日警察廣播電台介紹和權生平，並播出和權的詩
　　　　　　多首：「鞋」、「拍照」、「鈔票」、「我的女
　　　　　　兒」、「彩筆與詩集」。

一九九三年　榮獲菲律賓中正學院校友會「優秀校友獎」。

一九九三年　台灣《文訊》月刊，刊出女詩人張香華的文章「珍
　　　　　　禽——認識七年來的和權」，並附和權照片。

一九九三年　童詩「瀑布」、「我變成了一隻小貓」、「不公平
　　　　　　的媽媽」、「螢火蟲」四首，收入《世界華文兒
　　　　　　童文學》（WORLD CHILDREN LITERATURE IN
　　　　　　CHINESE）。中國太原，希望出版社刊行。

一九九三年　詩作「潮濕的鐘聲」，榮獲台灣「新陸小詩獎」。
　　　　　　作家柏楊先生代為領獎。

一九九四年　詩作入選台灣《中國詩歌選》。

一九九四年　詩作多首入選南斯拉夫版《中國當代詩選》，張香
　　　　　　華編。

一九九五年　詩作「桔仔的話」，選入《新詩三百首（一九一七
　　　　　　－一九九五）》。集海內外新詩人二二四家，
　　　　　　三三六首詩作於一書。大學現代詩課堂上採作教
　　　　　　材。張默、蕭蕭編，九歌出版社刊行。

一九九五年　於聯合日報以筆名「禾木」撰寫專欄「海闊天空」
　　　　　　至今已十五年。

一九九五年　二度榮獲菲律賓中正學院校友會「優秀校友獎」。

一九九五年　詩作多首入選羅馬尼亞版《中國當代詩選》，張香
　　　　　　華編。

一九九五年　大陸評論家陳賢茂、吳奕錡撰寫「談和權」，收入
　　　　　　評述菲華文學的史書。

一九九六年　台灣《時報週刊》九五九期，大篇幅刊出和權的
　　　　　　詩「除夕‧煙花──給妻」（選自詩集《落日藥
　　　　　　丸》），附謝岳勳之彩色攝影，及模特兒蔡美優之
　　　　　　演出。

一九九六年　應邀擔任菲華兒童文學學會主辦第一屆菲華兒童作
　　　　　　文比賽評審委員。獲贈感謝狀。

一九九七年　台灣《時報週刊》九八五期，大篇幅刊出和權的詩
　　　　　　「印泥」，附黃建昌之彩色攝影，及影星何如芸之
　　　　　　演出。

一九九七年　五四文藝節文總於自由大廈舉辦慶祝晚會，多名女
　　　　　　作家朗誦和權長詩「狼毫今何在」（朗誦者：黃珍
　　　　　　玲、小華、范鳴英、九華等人）。

一九九七——一九九九年　應邀擔任菲律賓僑中學院總分校中小學
　　　　　　　　　　　　生作文比賽之評審委員。獲贈感謝狀。

二〇〇〇年　《和權文集》出版，雲鶴主編，中國鷺江出版社出
　　　　　　版發行。附錄邵德懷、李元洛、劉華、姚學禮、林
　　　　　　泉、吳新宇、周粲評論文章。

二〇〇〇——二〇〇一年　再度應邀擔任菲律賓僑中學院總分校
　　　　　　　　　　　　學生作文比賽之評審委員。獲贈感謝
　　　　　　　　　　　　狀。

二〇〇六年　詩作「葉子」，收入台灣《情趣小詩選》，向明主
　　　　　　編，聯經出版社刊行。

二〇〇八年　大陸評論家汪義生撰寫「華夏文脈的尋根者——和
　　　　　　權和他的『橘子的話』」，收入他的評論集《走出
　　　　　　王彬街》。

二〇一〇年　《創世紀詩雜誌》第一六二期，刊出和權的詩創作
　　　　　　「從『象牙』到『掌中日月』十首」，並刊出二零
　　　　　　零九年十二月廿九日，攜一對子女訪台時，與創世
　　　　　　紀老友多人在台北三軍軍官俱樂部雅集之照片。

二〇一〇年　台灣《文訊》月刊二九二期，刊出和權於二零零九
　　　　　　年十二月三十一日，與多位創世紀詩社同仁拜訪文
　　　　　　訊雜誌社（封德屏總編輯親自接待，大家一同參訪
　　　　　　文訊資料中心書庫，並在現場留影）之照片。該期
　　　　　　介紹和權生平及作品。

二〇一〇年　台灣《文訊》月刊二九四期，刊出和權詩兩首「砲
　　　　　　彈與嘴巴」及「集郵」。附彩色攝影照片，十分
　　　　　　精美。

二〇一〇年　於聯合日報社會版「海闊天空」闢「詩之葉」，致力提昇詩量詩質，影響社會風氣。

二〇一〇年　台灣《文訊》月刊二九七期再度刊出和權的詩二首「咖啡」與「黑咖啡」。附彩色攝影照片，至為精美。

二〇一〇年　詩集《我忍不住大笑》出版，楊宗翰主編，台灣秀威資訊刊行（列入「菲律賓‧華文風」叢書之十）。

二〇一〇年　《和權詩文集》出版，陳瓊華主編，菲律賓王國棟文藝基金會刊行（列入叢書之十）。

二〇一〇年　九月，詩作〈熱水瓶〉收錄南一書局出版之中學國文輔助教材《基測綜合題本》。

跋

我的第五本詩集《我忍不住大笑》出版之後，因有些許感觸，禁不住手中的筆，短短幾個月就寫下了一百多首詩作，創下我個人最快的寫詩紀錄。以此數量，又可出版一本詩集，乃有《隱約的鳥聲》。

本詩集能如此快速、順利出版，首先要感謝楊宗翰先生。他做事細心、認真負責，且十分關注台菲文化交流及印製發行等各項事宜。其次，要感謝雲鶴先生和他的公子藍可堂先生，他們精心設計了此書的封面。最後要感謝一樂、林泉、雲鶴、施約翰等詩友，對我誠摯之激勵，以及對此詩集的出版提供不少幫助和建設性的意見。

二〇一〇年七月十八日

語言文學類　PG0462　菲律賓‧華文風19

隱約的鳥聲

作　　者／和　權
主　　編／楊宗翰
責任編輯／林千惠
圖文排版／賴英珍
封面設計／陳佩蓉

發 行 人／宋政坤
法律顧問／毛國樑　律師
印製出版／秀威資訊科技股份有限公司
　　　　　114台北市內湖區瑞光路76巷65號1樓
　　　　　電話：+886-2-2796-3638　傳真：+886-2-2796-1377
　　　　　http://www.showwe.com.tw
劃撥帳號／19563868　戶名：秀威資訊科技股份有限公司
　　　　　讀者服務信箱：service@showwe.com.tw
展售門市／國家書店（松江門市）
　　　　　104台北市中山區松江路209號1樓
　　　　　電話：+886-2-2518-0207　傳真：+886-2-2518-0778
網路訂購／秀威網路書店：http://www.bodbooks.tw
　　　　　國家網路書店：http://www.govbooks.com.tw
圖書經銷／紅螞蟻圖書有限公司
　　　　　114台北市內湖區舊宗路二段121巷28、32號4樓
　　　　　電話：+886-2-2795-3656　傳真：+886-2-2795-4100

2010年12月BOD一版
定價：310元

國家圖書館出版品預行編目

隱約的鳥聲 / 和權作. -- 一版. -- 臺北市：秀威資訊科
技, 2010.12
　　　面；　公分. --（語言文學類；PG0462）（菲律賓.
華文風；19）
　　BOD版
　　ISBN 978-986-221-660-6（平裝）

868.651　　　　　　　　　　　　　　99020565

讀者回函卡

感謝您購買本書，為提升服務品質，請填妥以下資料，將讀者回函卡直接寄回或傳真本公司，收到您的寶貴意見後，我們會收藏記錄及檢討，謝謝！
如您需要了解本公司最新出版書目、購書優惠或企劃活動，歡迎您上網查詢或下載相關資料：http:// www.showwe.com.tw

您購買的書名：_____

出生日期：_____年_____月_____日

學歷：□高中 (含) 以下　　□大專　　□研究所 (含) 以上

職業：□製造業　□金融業　□資訊業　□軍警　□傳播業　□自由業
　　　□服務業　□公務員　□教職　　□學生　□家管　　□其它_____

購書地點：□網路書店　□實體書店　□書展　□郵購　□贈閱　□其他

您從何得知本書的消息？

　□網路書店　□實體書店　□網路搜尋　□電子報　□書訊　□雜誌

　□傳播媒體　□親友推薦　□網站推薦　□部落格　□其他_____

您對本書的評價：（請填代號　1.非常滿意　2.滿意　3.尚可　4.再改進）

　封面設計____　版面編排____　內容____　文／譯筆____　價格____

讀完書後您覺得：

　□很有收穫　□有收穫　□收穫不多　□沒收穫

對我們的建議：_____

_____

_____

_____

11466
台北市內湖區瑞光路 76 巷 65 號 1 樓

秀威資訊科技股份有限公司　　　收

BOD 數位出版事業部

....

（請沿線對折寄回，謝謝！）

姓　　名：＿＿＿＿＿＿＿＿　年齡：＿＿＿＿　性別：□女　□男

郵遞區號：□□□□□

地　　址：＿＿＿＿＿＿＿＿＿＿＿＿＿＿＿＿＿＿＿＿

聯絡電話：(日) ＿＿＿＿＿＿＿＿＿＿(夜) ＿＿＿＿＿＿＿＿＿

E-mail：＿＿＿＿＿＿＿＿＿＿＿＿＿＿＿＿＿＿＿＿＿